胭脂

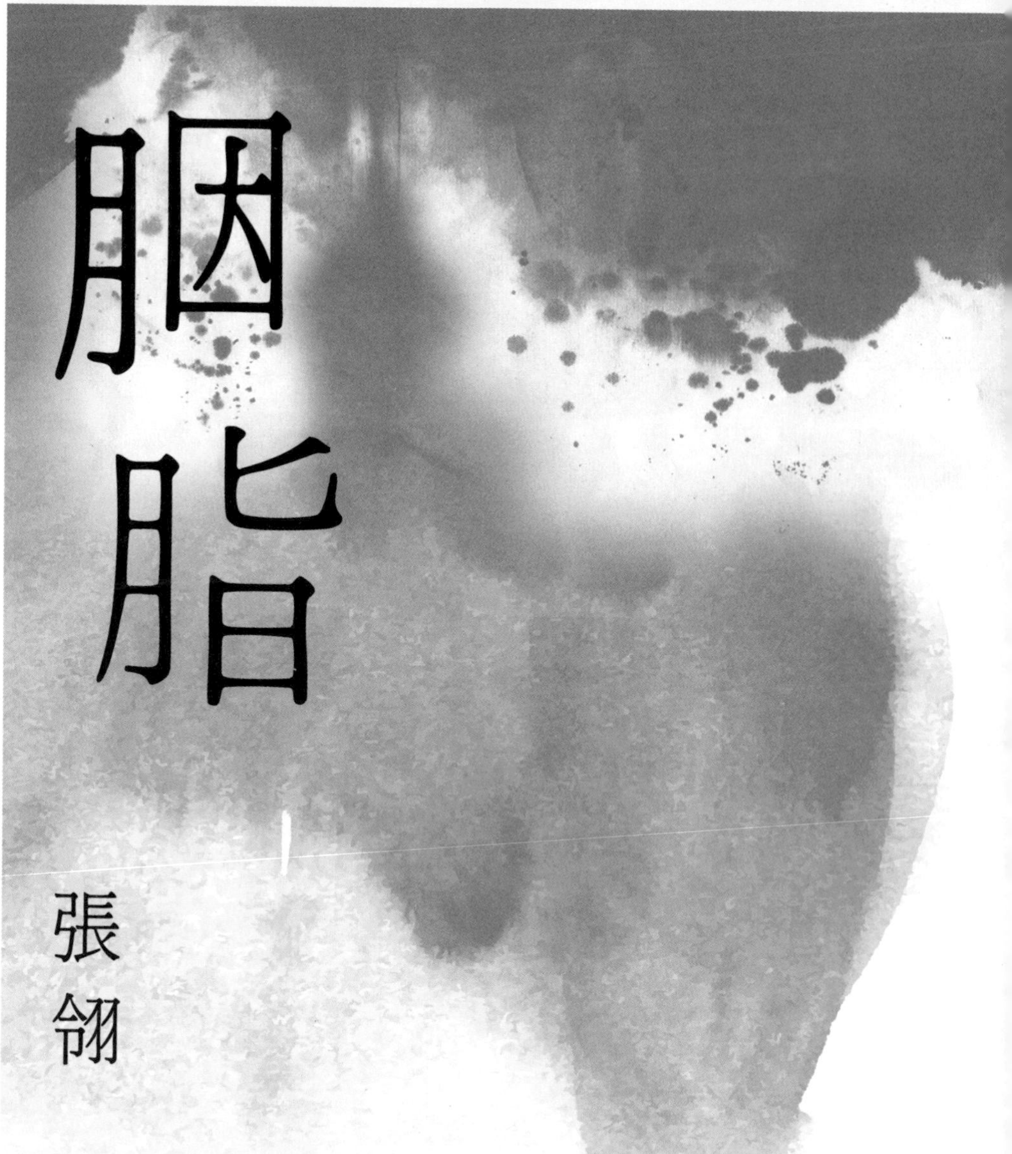

張翎

推薦序

捨不下那場火光絢麗的蛾子

鍾文音　作家

小說名《胭脂》，是以一個被窮畫家命名為「胭脂」的女人一生展演的複音人生，張翎用不同的敘述觀點羅織了立體的女人胭脂。胭脂起初是窮畫家的女人，後來在小說的時間長河裡又演變成生了女兒抗抗的女人，接著演變成抗抗女兒叩叩的外婆，三代女性全環繞著胭脂打轉，張翎用了多點折射，折射出一本很好看的小說。

〈上篇：窮畫家與闊小姐的故事〉、〈中篇：女孩和外婆的故事〉、〈下篇：土豪和神推的故事〉，三個故事看似獨立，但用一幅畫作串連起從抗戰、文革到當代的三代愛情故事，這故事的源頭就是胭脂。

小說除了有如煙花似地綻放出情調與情節魅力之外，小說的生命力最重要的當然是環繞在「胭脂」身上，張翎的小說敘述技藝也在此全力放射，彷彿是西藏唐卡藝術，一個主尊佛像的中央是焦點，但中央之外的外圍也都是焦點，如此形成繁複的多音，使人物的陰暗皺褶堆積著想像的餘韻。

胭脂，這樣的烈性女子，如蛾的女子，每個時代都有。小說往時間的故事軸線走，揭開的其實更多是時代的流轉哀歌。

「**誰要死呢？我不死。**」**她說。**

倔得很，又倔得很有力氣，命運好壞自己的事。

於是「胭脂」就這樣地牢牢把我的目光釘住了。長出蛾翅膀的胭脂，走過時代挫傷與感情撲火，卻在惡意人生中長出了自己的血肉。張翎寫了一段話，我認為是胭脂名言：「**剩下的歲月，我都在清理那場煙花留下的殘局。假如我從一開始就知道收拾殘局的難處，我還會那樣奮不顧身嗎？這是個無解的問題。**」胭脂「**生來就是一隻蛾子，我抵擋不了火，火也抵擋不了我。**」

飛蛾撲火的意象是很尋常的，甚至太過普通，但奇怪的是用在胭脂身上仍很貼切，且有一種自汙過後的洗滌昇華作用。也許因為這本小說由男人（胭脂情人）與女人（胭脂自己與胭脂女兒及孫女）交織成各種「我」，將胭脂一生如油畫般地層層疊疊，逐一上色，串連成有如命運的織錦圖，因而勾勒出隱藏在命運背後與時代離散之間的傷痕血淚，構築了又現實又帶點暈黃色調的胭脂。

當然男人也不遑多讓，小說寫：「**只有我自己明白：我想讓她好好抗一抗老天爺給她的命。**」胭脂的男人為女兒取了個抗抗。小說像是繪畫的系列連作，雖單獨篇章，卻又互為指涉，互為關連。

小說最後又回到胭脂，「**很多年後，當我孤獨地躺在溫州市郊一家養老院的床上，看著暮色的陰影漸漸塗上牆壁，並從中間隱隱認出了死神的翅膀時，我依舊還在回憶一生中撒過的所有謊言。**」那些過往，一個一個地從她的面前飄飛而過，一次又一次地燒燙著她。

這就是張翎書寫「胭脂」的方式，以一條繩索，串聯各種片段，最後將打散的片段再交織一起。

每個人是碎片，也是整體。

就像張翎寫的：「**順著它們摸索過去，就能輕而易舉地找回出發時的自己。**」

找回出發時的自己，那個自己或許已經面目模糊或者面目可憎，但時間經過，那個自己還是自己。

看了《胭脂》，讓我心有戚戚焉。感到這世間所有的相遇，表面看是意外或是際遇的興風作浪，但說穿了還不都是自己撲上去的，或者別人撲上來的。

我們也是某種變形的蛾，倖存下來的蛾。

張翎雖讚嘆飛蛾撲火者，但也為他們感到疼惜，反觀不敢撲火的女性則認為是一種缺憾，因為從來不知火光絢麗的美與殤。

不要有缺憾，那麼就得對飛撲過來的際遇接招。

蛾如何倖存？通過烈火卻沒灼燒成灰？蛾何以能在裂縫中穿出火焰，且真誠活過人生呢？

還是讀小說吧。看小說裡的女人，如何擁有強悍的生命力卻又不是蠻強地走過人生，適時地低頭，適時地轉身，適時地脆弱，甚至適時地說謊，小說裡的女人生存方式可以說是很靈活呢。就像水，只要有縫就能滴水穿石，覓著出路。愛情也如是般。

推薦序

背叛、隱匿與謊言交織的牽掛

須文蔚　國立東華大學華文文學系教授

張翎在二〇一五年春天到東華大學擔任駐校作家，要離別的前一晚，她提及了王攀元畫作帶來的衝擊，畫面總是呈現空曠與寂寥的場景，角落站立著一個著紅衣的女子。重複出現的身影，是畫家一生的牽掛，余光中就曾寫下：

無論黑犬如何追
或是孤雁如何趕
愈來愈深的暮色裡
只剩下一根地平線
似久斷又似相連
一端牽在夢那頭

就點出了畫家的故事，也鋪展開《胭脂》跨越海峽乃至大洋的傳奇。

《胭脂》只是從一幅畫得到靈感，小說家還是回到她熟悉的國度，虛構情節，寫出三代女子在上海、杭州、溫州和巴黎，因為富家千金愛上窮畫家，一連串因為牽掛而背叛家庭，因為命運而分離，因為文革而隱匿，因為生存與奪寶而謊言，再一次交織出女子在殘酷厄運下的堅強生命力。

《胭脂》是一個規模約七萬字的中篇小說，全篇都採報告體，由不同的角色輪流發言，陳述亂世中的經歷，也更貼近人物的心理。不過在三個段落中，卻展現出三種不同的風格，上篇〈窮畫家和闊小姐的故事〉是純情的愛情故事，師範學校音樂系的吳若男到醫院探病時，巧遇了病危的畫家黃仁寬，她一身紅色大衣，如同天使一般降臨，展現出女性的救贖力量，也開展了一段背叛家庭，而內戰又拆散有情人的悲劇。

中篇〈女孩和外婆的故事〉則是文革的傷痕紀事，吳若男隱姓埋名，帶著外孫女，不斷搬遷於溫州周邊的小村莊，躲避「到處都是眼睛和耳朵」的時代，於是各式各樣的謊言編織成護甲，安頓了纖纖體弱的祖孫二人。

下篇〈土豪和神推的故事〉則是推理的奇情敘事，土豪藉由贋品致富，神推則以按摩手法聞名於巴黎，兩人的相遇看似偶然，其實背後有著驚悚的情節。

張翎以不同的筆法經營三段故事，展現出她多才多藝的說故事能力，在不同類型的書寫中穿梭，熟悉張翎的讀者或許會有些詫異，但讀完通篇後，應當會對她的突破會心一笑。

和張翎過去書寫的委婉相較，《胭脂》在情欲書寫上有所鬆綁，無論是吳若男與黃仁寬的迎拒與纏綿，或是土豪意亂神迷，幻想著胭脂重現，在神推身上恣意橫行。

在張翎筆下，女子是獨立自主的，縱然命運總是冷眼以對，吳若男與女兒抗抗願意為愛付出，到了第三代的扣扣（神推），流離失所，一雙鐵掌，瘦弱身軀竟也成為攻城掠地的武器，其中差異，不無諷刺浮華商業社會的微言大義。

胭脂雖然紅豔，落在亂世浮生的大地上，總顯得萬分寂寥，讀者解開背叛、隱匿與謊言交織的牽掛後，不難發現寂寞才是貫穿全書的主旨，吳若男正是洞悉了「寂寞」是最忠實的伴侶，也才洞悉世界殘酷的全貌，方才能立足於亂世，這是張翎書寫中，又一次拓展了新的思想命題。

臺灣版自序

胭脂和紅粉在這裡分道揚鑣——《胭脂》創作談

我平日並不是話癆，但遇上三兩知己，話題一開，就會顴飛桃紅，兩眼放出賊光，直聊到把腸子都翻到桌上為止。但人一多，尤其是遇上有愛打官腔說套話、在兩種話語系統裡遊刃有餘的人，我就變得全然無話，像一隻合得很緊的蚌。我不諳熟中庸之道，不太會在話癆和蚌中間那個得體的範圍裡活動。這種惡習難免會反射在寫作上：遇到讓人心跳加劇的題材，我就會成為字癆，一寫就是洋洋灑灑幾十萬字，明知在這個超過兩千字就是自殺的微閱讀時代，長篇大論就是滯銷或者自殺的代名詞。可是長篇讓我覺得舒服，就像在曠野跳舞，怎麼瘋都不會越過邊界。而我幾乎不會寫短篇小說——那是一門放出去就得馬上收回來，字字珠璣的絕活。出道到現在二、三十年裡，我寫過的短篇少之又少。這六、七年來，我的時間幾乎都花在了長篇上，連中篇也極少沾手。

《胭脂》是我最近七、八年來僅有的兩部中篇之一，寫第一行字的時候就提醒自己不是長篇不是長篇絕對不是，要收要收啊要緊收，結果一不小心又寫了七萬字——這是我最長的一部中篇小說。

《胭脂》的靈感是一個紛亂的線團，線頭來自不同的地方，其中最清晰明顯的一條，來自二〇一五年初的臺灣之行。那年我應東華大學和洪建全基金會邀請，作為銅鐘經典系列講座作家，來到臺灣訪問。在臺期間，我在大劇院觀看了一場名為《婚禮／春之祭》的現代舞表演。那是一場集激光技術、古典音樂和現代舞藝術為一體的視覺盛宴，令人耳目一新。後來我與舞劇的藝術總監、一位從紐約歸來的現代舞藝術家成為朋友，慢慢瞭解到《婚禮／春之祭》激光背景的畫面，取自一位臺灣著名畫家的油畫，這齣舞劇，是對這位老畫家一生成就的致敬。從朋友那裡，也從這位畫家的紀念冊裡，我得知了這位老先生艱難坎坷的一生。家境貧寒的他，憑實力考上了上海美專，在劉海粟的新潮藝術思想薰陶下努力學藝。就學期間不幸身染傷寒，身無分文，命懸一線。這時他遇上了他的福星，一位到醫院探訪朋友的國立音專女學生。這位素昧平生的紅衣女子，不僅替他支付了所有的醫療費用，還一心一意地照看他，直到痊癒。他們有過一段琴瑟和諧的美好時光，卻終因戰亂不幸分離，從此天各一方。老人家在臺灣有患難與共的妻子和家庭，但他對那位救助他於危難之中的女子難以忘懷，他的多幅油畫裡，都出現過一個紅衣女子的朦朧形象。

雖然《胭脂》裡的人物都是虛構的，但老畫家的人生和畫作給了我巨大的靈感。幾乎就在看見那些畫的時候，小說的題目已經呼之欲出。我知道《胭脂》是個被用得很爛了的標題，極容易引起風馬牛不相及的低俗聯想，但我只是覺得沒有一個名字能更好地表達我當時的感動。這裡的胭脂，不是戲子交際花臉頰上的那層紅粉，而是行走在死亡隧道中的人猝然發現的一絲逃生光亮，是哀鴻遍野的亂世中的一丁點溫潤和體恤。是顏色，是溫度，也是品質。

但是窮畫家和闊小姐的故事，並不是《胭脂》的全部內容，《胭脂》中還有一些別的感動和想法，它們衍化成了小說的中篇和下篇。中篇的靈感來自我的童年記憶。我讀小學時遇上了一個瘋狂的年代，我目睹了一次規模盛大的抄家，從牆壁拆到地板。我至今清晰地記得從撬開的地板底下發現了一枚不知何年掉落進去的五分錢硬幣。在那個貧窮的年代裡，一分錢硬幣就可以使一個孩子欣喜若狂。可是那天我沒顧得上，我的心被恐懼占滿了，因為那次抄的是我的家。那天我唯一想做的，就是藏在一個捆成捲的棉胎裡，什麼也不看，什麼也不聽。這麼多年過去，時代早已回歸平常，我也早已被出國大潮裹挾著去了異國他鄉。一直到前幾年，我每每聽見值勤的警車從我身邊馳過，與我毫不相干的警笛聲會讓我縮成一團，甚至產生心絞痛。家人朋友笑話我：你到底幹下了什麼壞事，能怕成這樣？我不想解釋，說了也沒人能懂。我想說的話，有一部分寫進了《餘震》那部小說裡。但《餘震》裡我想說的話遠未說完，我把沒說完的一些話，放進了《胭脂》之中。

《胭脂》裡那個小女孩扣扣，和我一樣見證了災禍，她一直沒有真正治癒恐懼，她只能用謊言來抵擋恐懼。即使撒謊已不再是生活的必須，她也無法改變自己，因為撒謊已經成為習慣，如同吃飯穿衣。當她目睹那個貌似不可撼動的施虐者，竟然輕而易舉地被人海的力量擊垮時，她的身體突然得到了解放。一覺醒來，她發現她再也穿不下昨晚脫下的鞋子了——這裡所蘊含的象徵意義，應該是不言而喻的。

《胭脂》的下篇牽涉到了古董——那是我這幾年在歐洲所見所聞的一個縮影。在歐洲有一大群做夢都想「撿漏」的華人，無論多麼遙遠偏僻的舊貨市場，你總可以見到神情詭異雙眼發亮的淘金者。有一次我在巴黎一家華人餐館吃飯，發現那上下兩層的店面裡擺滿了各種各樣的「收藏品」。老闆走過來和我熱絡地聊天，滔滔不絕唾沫橫飛地介紹著每一樣藏品：每一塊石雕都是圓明園舊物，每一張舊畫都是郎世寧或八大山人遺作，每一件瓷器都是大明官窯。臨走時，他神情凝重地囑咐我們一定要保密，因為已經有人盯上了他。

諸如此類的發財夢，讓我不由地想起多年前我的小說《金山》裡那些懷著同樣夢想出洋的淘金客。日曆換了很多本，但歷史只是類似事件的間隔重複而已。但假如這個古董夢裡沒有按摩女（即長大成人的扣扣）的參與，上篇和中篇裡織就的線索，就會失去和下篇之間的內在聯繫。連貫這三個篇幅的中心意象，正是那幅「假作真時真亦假，無為有處有還無」的郎世寧舊畫。這幅畫是一根至關緊要的鉸鏈，它把三個篇章連成一體，它的存在才使得所有的人物和事件免於流落成一盤散沙。

《胭脂》的三個篇章可以看成是一個故事在三個年代的延展，也可以看成是由一條共同線索串聯起來的三個單獨故事。這三個篇章是在將近一年的時間裡斷斷續續寫成的，因為中間插進了《勞燕》的宣傳期。一個作家從前只要碼字就可以了，現在碼完字還要站在街頭吆喝叫賣。吆喝叫賣的事比碼字費心神多了，所以《胭脂》被擱置了多次。現在成品的三個篇章，呈現了三種風格。從上篇的凝重寫實，到中篇的半真半幻，到下篇的荒唐荒誕，權當是三個地點的日有所見，化成了三個時段裡的夜有所夢吧。

《胭脂》最早的靈感是在臺灣生出的，經過許多輾轉，最初尚無形狀和邊界的感動，最終化為了白紙上的黑字。如今，白紙和黑字又回到了最初孕育它的源頭。願臺灣的讀者們能從閱讀《胭脂》的過程中感受到文字背後的那些腳蹤。

二〇一九年三月二十五日

沒有哪個夜晚比一個發生火災的夜晚更加黑暗。

沒有人比一個在吼叫的人群中奔跑的人更加孤單。

——卡爾維諾《國王在聽》

上篇

窮畫家和闊小姐的故事

最初我看見的只是一抹粉紅，很小，很淡，像是清洗狼毫時不小心濺出來的一滴水。我想揪過一個袖角來洇那滴水，可紙是生宣，水跑得比我的手快，轉眼間一滴已經衍成了一團，一團又衍成了一片。

白費了，一張紙。我想說。可是兩片嘴唇黏得很緊，話找不到一條逃生的路。物價飛漲，家裡寄的錢永遠還走在路上，米貴，油貴，顏料墨條紙筆，萬物都金貴，我只是捨不得那張新紙。

那片粉紅的水跡很快漫過了整張紙，漫到了桌子上，漫上了牆壁。再後來，連窗玻璃和天花板都有了顏色。顏色是從什麼時候開始變的呢？我沒留意，還沒來得及。顏色像花一樣開出了許多瓣兒，從粉紅到洋紅到桃紅到石榴紅到玫瑰紅到杏紅到酒紅到朱紅到豔紅到深紅到紫紅……我知道世界上有很多種紅，有的紅沾了花卉的名字，理直氣壯，跋扈張揚；有的紅跌落在一種花和另一種花之間的縫隙裡，沒有名字，也沒有名分。

每一樣紅，都應該有一個名字的。我想。

那片紅越變越深，到最後，就變成了阿娘嘴唇的顏色。那是我最後一次見到阿娘。阿娘在那張有頂篷的雕花木床上躺得太久了，從我記事起，阿娘似乎就從來沒起過床，阿娘的身子已經在褥子上長出了根鬚。只是那天阿娘的躺姿有些古怪，身上的骨頭彷彿都變成了鐵絲，翹起的雙足將杏黃色的緞被子戳出兩隻硬角。那天阿娘的嘴唇很紅，紅到發紫，後來我才知道那是沒擦乾淨的血跡。阿娘的血在肺裡待膩了，一心想逃出來見見生天。

有一隻黃蜂爬進了我的耳朵。不，不是一隻，是一群，那些嚶嚶嗡嗡的聲響，是許多對翅膀在撞擊。後來，那些癲狂的翅膀大概搧得疲軟了，漸漸安靜下來，我才聽見了一陣模模糊糊的說話聲。

「這，是誰？……抖成這樣……沒人，陪？」我迷迷糊糊地聽見一個聲音在問。

那聲音也有顏色，感覺也是紅的，只是說不準確是什麼紅，似乎比粉紅濃烈些，又比桃紅老成些。

「美專……日本人……學校內遷……沒走成……」一個蒼白的聲音回答道。

「傷寒……半個月了……家裡沒人……醫院不曉得，哪裡寄帳單……」另一個同樣蒼白的聲音說。

我突然醒悟過來，我們在談論我。

家裡，沒人？

我很想坐起來，憤怒地咆哮一聲：「怎麼可能？」可是我指揮不了那堆包裹在皮（從前是肉）裡的筋骨，甚至連挪動一下也不能。我覺得我的背我的腰我的臂已經在床鋪上生出了根鬚，正如當年的阿娘。

我只是沒了爹娘而已，我還有一整大家子人，在老家。我爺爺娶了三房妻妾，我有三個伯父，五個叔叔，七個姑媽。我的堂親戚聚齊了吃酒席，十張大圓桌都嫌擠。

可是，他們現在在哪裡，那些伯伯嬸嬸叔叔嬸嬸姑姑姑父堂兄堂弟堂姐堂妹堂侄堂侄女？他們在路上，就像那些早該匯到的生活費一樣。他們只能在路上，他們永遠不會抵達，因為他們沒法見我。他們見了我的面，就不得不解釋那些改了名的地契，易了主的房產。

阿爹是在阿娘走後的第二年死的，頭天喝了酒，躺下去睡覺就再沒醒來。醫生說阿爹是死於心臟病，我知道阿爹是死於失望，為阿娘沒生下另外一個兒子，也為我不肯守在家裡幫襯他的茶葉生意。我原先是想縣中畢業後回到鄉裡的，我自小在茶園長大，喜歡茶園的清靜——假若我沒有遇見那位教美術的范先生。范先生說我書讀得好，畫畫得更好。范先生說我的眼睛就是為畫而生的，我若回了鄉下，我就辜負了上蒼給我的這雙眼睛。范先生說上蒼是吝嗇的，千萬個人裡，也只能找到一雙這樣的眼睛。

范先生的話叫我的腳改了路。縣中畢業後我沒回鄉，而是報考了上海美專。阿爹從此就沒給過我笑臉。

阿爹死後，阿伯阿叔就把我家名下的茶園和生意給分了，說是抵阿爹生前借下了債——那都是些死無對證的事。我是阿爹的一根獨苗，沒人肯站出來替我說句公道話，誰也犯不著為一個遠在他鄉的學生娃，得罪一群抬頭不見低頭見的鄉親。

「哦，是畫家，怪可憐的。」我聽見了一聲暖色的嘆息。在沒有想好究竟是什麼紅之前，我只能含糊地把那個聲音歸在暖色譜裡。

我不知道這句話是什麼意思。是畫家可憐？還是生病無人照看可憐？還是生病無人照看的畫家可憐？我很想問一問，可是我張不開嘴。嘴唇也生出了根鬚，在牙齦上。

這時我感覺有一片冰涼的東西，輕輕地落在了我的額頭上。我聽見了哧哧的響聲，那是我的額頭在化著冰。

我終於睜開了眼睛。

我最先看見的不是那張臉——臉那時還掩藏在一簾頭髮之下，我看見的是一件紅色的呢子大衣。我這才明白，先前那團漫無邊際的紅並不是夢，也不是幻覺，而是那件大衣在視網膜上壓下的朦朧印記。或者說，是眼皮在空氣中感受到的細微重量。

胭脂。

我一下子想起了這種紅的確切名字。

「黃仁寬，你醒了？」

我床前的那個女子抬起頭來，從一簾濃密的短髮中露出一雙眼睛。當然，她露出來的並不只是一雙眼睛，但在我的記憶中，我對她的整體印象在看到那雙眼睛時便已徹底完成。在我的審美學辭典裡，臉上的其他器官只具備生物學意義，它們不過是眼睛無關緊要的鋪墊和補充。這也是為什麼我的寫生課老師總是奇怪，我的人物除了眼睛之外，一概面容模糊。

「**你怎麼，知道，我，名字？**」

過了一會兒，我才醒悟過來，那是我的聲音。我已經記不得上一次開口說話是什麼時候的事，我只聞見了舌頭在口腔裡悶久了散發出來的酸腐氣味。

我是怎麼一下子掙斷了嘴唇和牙齦之間那些越長越粗的根鬚的？我知道是她的眼睛。她的眼睛是一匹超大馬力的發動機，能叫死人從棺材裡站起來跳舞。

那是一雙什麼樣的眼睛啊？眼白蕩漾著一抹淺藍，帶著一絲不諳世事的驚訝和好奇，碩大的眼珠遊走在那汪淺藍之中，像裸露在海面上的兩座幽黑島嶼。我從海水和島嶼之中看見了我這輩子沒在任何女人眼中發現過的東西。

她抽回那隻搭在我額頭的手，指了指我床頭的那塊牌子：「你的名字，寫在那裡。」

「我，要，死了。」我囁囁地說。

她沒聽清我的話，她是從我翕動的唇形和表情上猜出了我的意思的。

「誰說的？」她的兩條眉毛走動起來，眉心蹙成一個柔軟的結子。

「黑暗，加深……」我說了半句，就無力地停了下來。

她以為我在說胡話，就掀起窗簾的一角，指給我看窗外那輪掛在光禿禿的樹枝上的太陽。太陽沒有多少熱氣，但依舊給樹身和對面的屋頂塗上了一層稀薄的白光。

「嬤嬤，剛才，來唱過……」我說。

我說的是那首〈黑暗加深〉（Darkness deepens）的聖詩。我上縣中時認識了一位瑞典傳教士，跟著他去醫院探訪過病人，他告訴我這首歌是唱給臨終之人的安魂曲。所以，當我從醫院的嬤嬤口裡聽到這個旋律時，我就知道我已經踩到從白天進入長夜的那道門檻上了。

我不指望她懂，可是她竟然懂了。後來我才知道，她上過教會學校，她會的聖詩遠比我多。

她眼裡那汪淺藍色的海水顫了一顫，流溢出來，滴落到臉頰上。

「我怕，一個人，上路……」我的牙齒相互碰撞起來，發出格格的聲響。

她伸出手來，捏住我裸露在被褥之外的那隻手。我手上的骨頭尖利如刀，她被割傷了，疼得嘶了一聲。

「我陪你。」她說。

她說這話的時候，眼睛沒看著我，是不敢，也是不忍。

我以為那只是一句虛浮的安慰——惻隱是一根斷頭的線，甩出去很容易，收回來卻很難。

沒想到第二天她果真來了。第三天也是。以後天天如此。

後來我才知道：那陣子她正為一個大決斷而躊躇不決，所以才有空閒。

她是到醫院探望一位生病的朋友的，誰知拐錯了一條過道，走進了另一間病房，就遇見了我。生命在拐彎之處猝不及防地撞到了一樁意外，或者說，一場災禍。

遇到黃仁寬的時候，我正閒得發慌。我是師範學校音樂系的學生，那陣子上海的學校不是內遷，就是停課。爸爸不許我跟學校走，爸爸另有打算。爸爸在英國人的銀行裡做襄理，認識上海碼頭上三六九等人馬。他給我介紹認識了一位外交官的侄子，兩邊家裡都在動用關係安排子女去相對安全的美國留學。在這個兵荒馬亂的年代，找個好人家、遠離戰亂之地，是所有有身分的人家給女兒設想的理想之路，我父母也不例外。

這段閒置時間其實並不真的空閒，爸爸早給我安排了計畫。爸爸邀請了喬治——那個有可能成為我未婚夫的男人——到家裡參加每週五的餐會。來赴我們家餐會的人大致分成兩類：有錢，或者有才。爸爸總是天真地以為這兩類人可以像糖漿一樣捏合成一個糖人，再不濟，至少可以在這兩類人中間營造某種觸手可及的聯結。所以爸爸的餐會上經常會出現某位駐外使節的家眷、永安百貨公司的老闆、幾個從東北逃亡到上海的教授、某位有影響力的猶太商賈、某一對流落到上海的白俄音樂家母女毗鄰而坐的怪異場景。

爸爸安排喬治來家裡聚會，是想讓我有機會在人多的場合近距離地觀察喬治的處世為人。爸爸常說：要揭開一個人的畫皮露出他的本真，就得看他如何對待旁不相干的人。「貝貝你若看對了眼，就可以多找機會私下和他約會。」爸爸這樣叮囑我。當時無論是爸爸還是我自己都沒想到：爸爸的話會給我後來的行動製造了如此方便的藉口。每一次我出來陪黃仁寬，爸爸都以為我在和喬治約會。當然，我從來也沒試圖糾正過爸爸的誤會。等到爸爸發現我既沒想嫁給喬治，也沒有打算出國留學時，一切都已為時過晚。

爸爸的計畫是一塊大幕布，那後邊悄悄掩藏著的，是我的小計畫。我是想離開上海，但不是去美國，更不是和喬治。我早已厭倦了音樂課程。不是鋼琴的錯，也不是樂譜的錯，更不是老師的錯。錯的是環境。在焦土之上彈琴，連蕭邦也會感覺怪異，或者說恥辱。我想和幾位同學一起動身去重慶，當然是瞞著家裡。我們想去報考遷移到歌樂山下的上海醫學院。我從小喜歡玩治病救人的小把戲，至今我還記得拿到爸爸給我買的第一個洋娃娃時，我沒有像別的女孩子那樣給娃娃梳頭換衣，而是立刻給它施行了開膛手術。我非常震驚地發現，那個被我用小刀割開的肚腹裡，並沒有我在看殺雞時發現的心肺和腸胃，而是一團無色無味的刨花。一個不願在亂世裡苟活的女子，即使捨身捨命也不見得救得了國，但至少可以試著救幾條性命。

可是最終我哪兒也沒去。我走了一條讓所有的人，包括我自己在內，都瞠目結舌的路：我成了一個籍籍無名的窮畫家的女人。

那天我走錯病房，走進了黃仁寬的房間。我第一眼就看見了他，哦，不，是看見了他的床鋪。他的大半張臉都埋在被子裡，只露出了一隻瘦骨嶙峋的手。我之所以留意到他的床鋪，是因為我看見他的被子在簌簌顫動，好像底下藏著一窩受了驚嚇的兔子。鄰床的人告訴我，他在打擺子[1]，已經好多天，醫生說怕是沒治了。

我決定留下來陪他，純粹是出於憐憫，至少在最初那個階段。我讀教會中學的時候，有一位叫嘉德琳的嬤嬤曾經說過：世上最悲慘的境遇，莫過於一個人孤零零地死去。在世時的任何一種孤單，都無法和靈魂獨自上路相比。嘉德琳嬤嬤是個嚴肅刻板的人，她最拿手的本事，是動不動把上帝掏出來嚇唬人。在她嘴裡，上帝是能燒化四十座大山的硫磺火湖，是長著三百六十隻獠牙的猛獸，是生有九千九百九十九根毒刺的黃蜂。上帝的眼睛能看見任何歹念，當歹念還沒有懷胎成形的時候；上帝能覺察一切的惡行，哪怕惡行還只是九分之一個細胞大小。上帝的震怒和復仇之間相隔的，只是翻動一頁書的時間。嘉德琳嬤嬤的舊約聖經課，常常會把膽小的女孩子嚇哭。嘉德琳嬤嬤在世一天，我們都不用害怕下地獄，因為我們已經在地獄。可是嘉德琳嬤嬤嚇不倒我，我是班級裡唯一的那個例外。我覺得我是上帝打盹的時候悄悄出世的那個頑童，上帝的名冊裡找不到我的名字。嘉德琳嬤嬤說了這麼多話，我居多是一隻耳朵進一隻耳朵出，卻唯獨記住了靈魂害怕獨自上路。

所以我決定陪黃仁寬，一直到最後一程。

可是他用不著——他竟然活下來了。等到我替他結了醫藥費，叫了一輛黃包車把他送回到他的棲身之處時，我已經陪了他十六天，陪伴在不知不覺間衍化成為了一種習慣。

他住在一個菜市場盡頭的亭子間[2]裡，樓梯踩上去的聲響就像一腳踩著了九十九隻飢餓的老鼠。在屋裡蒙著被子都能聽見屋外菜販子的叫賣聲，窗關得再嚴，也聞得到街上飄進來臭魚味。

我們進了屋，打開窗簾，陽光轟地一聲在牆上炸開一條白帶，灰塵在白帶中揚著閃閃爍爍的銀粉。飯桌上放著一個蓋子沒捂嚴實的小鍋，掀開來，裡邊是一層長了綠毛的稀飯，一隻蟑螂正在綠毛之間的空隙裡來回遊走。

我扶著他在屋裡唯一的一張椅子上坐下，他把身子往裡挪了一挪，躲避著照在額頭上的陽光，彷彿不堪重荷。他骨瘦如柴，臉看上去像是一個磨得幾乎透明、破了幾個大洞的皮口袋。

我問他哪裡能弄到水洗一洗鍋子？他揚了揚手，叫我走。「你管不過來。」他說。

我猶豫了一下，不知如何是好。他囊中空無一物，假如我把他一個人扔在這裡，他那條剛從傷寒手裡撿回來的命，大概不出三天，就會交還給飢餓。可是我怎麼管得了他呢？我該從哪裡下手？是從那條破得露出了棉絮的被子？還是那張折了一條腿、用磚頭墊平了的床？還是那個底盤上結了一層龜裂的厚痂的顏料盤子？抑或是那口不僅是腸胃，連眼睛和手挨近了都想嘔吐的鍋？我不知從哪裡下手啊，我的手不夠，心也不夠。戰打了好幾年了，大上海哪一家沒有難事？我不是上帝，我救不了每一個不幸的人。

但我也不忍心決絕地離開。我會把兜裡剩下的錢都放到他的枕頭底下，然後回家，吩咐佣人每天給他送點吃食，一直到他可以走動為止。

就在我抬腳想走的時候，我發現了屋角的畫架上擺著的一幅水彩畫。那幅畫才畫了一半，哦，不，「一半」是一種誇張說法，其實畫布上只有一雙眼睛和一簾飄揚著的頭髮，臉頰和頸脖是眼睛和頭髮在空間布局上所帶來的聯想。我站在那幅畫跟前，突然覺出了腳的重量，我無法行走——我從那雙眼睛裡猝然看見了上帝，當然不是嘉德琳嬤嬤的那個版本。

什麼樣的靈魂，才能創造出這樣一雙眼睛？即使是高倍顯微鏡，也不能在這雙眼睛裡找到一絲雜質。

我是從那雙眼睛裡對他生出了第一絲好奇的。憐憫在那一刻發了酵，衍變成了另外一種我當時還說不清楚的情緒。無獨有偶，後來他告訴我，他也是從一雙眼睛裡，跌入了一個萬劫不復的深淵的。

我們說的不是同一雙眼睛。

從那天起，我開始了前所未有的雙重生活。我的上唇和下唇說的是兩個意思的話，我的左腳和右腳走的是兩個方向的路。每週五的餐會上，我一如既往腰身筆直地坐在鋼琴前，用手指給家裡如雲的賓客演繹著神奇的戲法，在蕭邦、李斯特、史特勞斯樂曲的間隙裡，端著雞尾酒若無其事地和喬治聊天。我們聊時局、聊報紙上連載的那些小說、聊張愛玲聊蘇青、聊新上演的電影和京戲、聊陷落在北平城裡的熟人。我只是小心翼翼地繞開了繪畫這個話題。在見過黃仁寬的畫之後，我覺得和任何人談畫都是一種褻瀆。我還會當著爸爸的面，和喬治相約看戲看電影，或是參加基督教青年會的活動。那當然不是真的，我總會在最後一刻找個方便的藉口臨時取消，或者去了之後待上一兩刻鐘就藉身體不適為由提前離開，然後到黃仁寬那裡過上整整一天。

我無師自通地學會了隨口編出一套套其實經不起仔細推敲的謊言，臉不改色心不跳地應對著父母猝不及防的問題，鎮靜自若地從爸爸的公文包、媽媽的繡花手袋、甚至佣人買菜的小布包裡掏走各種票額的錢幣。我發覺我在淑女和街婦的角色之間穿梭自如，毫無生手的無措和驚恐，好像我生來就是一條變色龍。面對父母談到喬治時那種謹慎卻欣喜的眼神，我也沒有感覺到絲毫的愧疚。那陣子我一下子體會到了墮落是一件多麼容易又多麼讓人心馳神往的事。嘉德琳嬤嬤描述過許多關於地獄的場景，卻幾乎沒怎麼講過天堂。我對天堂的認知，完全來自天然的感悟——我在那個冬季通透澄澈地領悟了天堂是什麼樣子。

黃仁寬的亭子間裡出現了新的窗簾，其實我只是想消滅灰塵，才一併消滅了舊窗簾的。被褥也同此理。我因為不知道如何縫補那些裂開的邊縫破開的口子，才一氣置換了被褥的。我從廚子那裡惡補燉雞湯蒸蛋羹煮掛麵的本領。我那幾樣臨時抱佛腳學來的招數，竟意想不到地在黃仁寬的身上引發了即刻效應。每一天我推門看見他，都會發現他的面頰上有了前一天還不曾見過的新肉，眼中生出了昨日還沒有的光亮，聲音裡竄出了陌生的骨頭。

每一次黃仁寬看見我大包小包地進來，總是手足無措地搓著兩隻手，囁嚅地說：「我的畫，能賣大錢的，總有一天。你得信我。」我就笑，說：「你用的不是我的錢，是我爸的。我爸的錢整天大把大把地糟賤在一群傻子騙子身上，不如我拿來支持藝術。」他半天不說話，只是把捏在一起的兩隻手鬆開來，張成一個半圓形，那似乎是一個關於擁抱的暗示。我身上的每一個細胞唰地一下都醒了，齊齊地豎起了一片樹林，樹林裡的每一片葉子都在呼喊著願意。可是他卻突然退後了一步，重新捏攏了雙手。

「胭脂，哦，胭脂。」他垂下了眼瞼，喃喃地說。

他就是這樣一個謙謙君子。但我希望他不是。我更願意他是一個江洋盜匪，左手舉著一把大刀，右手捏著一支畫筆。無論是左手還是右手，我都毫無抵禦之力，頃刻化成一灘稀泥。

我不知道他為什麼喊我胭脂。我有許多個名字和稱呼，哪個也和胭脂沾不上一點邊。我出生證上的名字是吳若男，上教會學校時，按校規起了個英文名字叫伊莎朵拉——沾的是美國那個現代舞偶像伊莎朵拉．鄧肯的時髦。上師專時我自作主張把名字改為了吳若雅，因為我厭煩原名裡過於明顯的性別指意。在家裡，帶我長大的奶媽叫我囡囡，其他的下人喊我大小姐。父母的客人大多以吳小姐相稱，而爸爸媽媽則管我叫貝貝——那是英文裡baby的音譯。從對我的稱呼上，你基本可以判斷那人是在什麼階段進入我的生活、在我的生活中占有什麼地位。

可是黃仁寬卻一手抹去了在他之前我所有的歷史，只是管我叫胭脂。我問他為什麼是胭脂，而不是花粉，或者香水？他說是因為那天在醫院裡他睜開眼睛時看見我穿的那件大衣。他說完了，又頓了一頓，說也不全是那個原因，只是覺得你像這個名字。哦不，這個名字像你。

我用一系列語氣助詞鮮明地表達了我的抗議，我說我不喜歡這個名字裡的脂粉氣。他很深地看了我一眼，說這個胭脂，不是抹在臉上的那玩意兒，而是長在土地上的一種植物。

出院後，黃仁寬沒有趕去金華——那是他學校內遷之後的新址。他的理由是調養身體，而我知道那不是唯一的理由，其實他也是交不起學費。我每天帶進那個亭子間裡的大包小包，已經把他的自尊碾壓成了一張稀薄的綿紙，學費將是壓穿那張綿紙的最後一塊石子，所以我沒有堅持。

而且，假如我沒有猜錯，他也是捨不得我。

他剛剛能夠起床走動，就開始畫畫。他的畫有兩種，一種是畫給我看的，一種是背著我畫的。我是從早上進門時發現桌上尚還濕潤的顏料盤以及匆匆捲起的宣紙上發現了蛛絲馬跡的，我開始懷疑他的畫筆是否和我一樣，也在過著陰陽兩重生活。於是有一天我問他是不是在背著我畫春宮？那本是一句玩笑，沒想到他一下子怔住了，過了半晌，才嘆了一口氣，說以後，以後你會曉得的。

那些畫給我看的畫裡，我是當然的主角，因為我是他唯一的模特兒。我暗笑自己到底也沒逃脫那個藝術家和模特兒之間似乎不可掙脫的命運鎖鏈。世上幾乎每一個畫家，都擁有一個模特兒情婦，只不過時段不同而已。有的女人是在成為模特兒之前就是已成為情婦的，而有的則是同時並行的，也有的是在事後。而我在成為他的模特兒和他的女人之間，卻相隔了好幾個月的時間。我之所以選擇了「女人」這個詞，是因為我不是他的妻子，至少不是在民國婚姻登記冊上記錄在案的那一種。而我也不是他的情婦，那個詞讓我的每一個毛孔都憤怒。可是除非我改寫辭典，我無法在妻子和情婦中間找到一個合宜的詞，所以我只能模糊地把自己稱作他的「女人」。

做他的模特兒很容易。他從不要求我寬衣解帶，甚至連領口都不需鬆開。他也不需要我擺弄任何扭捏作態的姿勢，他還允許我隨時挪動身子，甚至在小範圍內來回走動。他對我的唯一要求是我必須看著他——這也是他唯一敢直視我的時刻。只要他的眼睛和我的一發生碰撞，我就能在他眼中看見火星子，好像我是引火紙，他是燈蕊。可是那火從來也沒有失控過，他眼睛後頭似乎有一隻看不見的手，在小心翼翼地把控著油燈的撥頭，那火星子總也不會蔓延成可以毀滅一切的大火。我知道真正能讓那火奮不顧身地燃燒起來的，只能是我。我可以把我的手捅進他的眼睛後頭，扒開他那隻手，用我的指頭徹底撥亮那把火。我在時時刻刻積攢著勇氣。那時我以為讓他如此克制的原因，是兩邊家境的差別。後來我才知道，跟那個真正的原因相比，那些橫亙在我們之間的所謂差別，不過是皮毛渣滓。

他之所以允許我隨意走動，是因為他根本不在意體態和姿勢。他的每一幅畫，花在眼睛上的時間都多得不成比例。在完成眼睛之後，其餘部分他不再需要以我為參照物。那些畫上的髮型服飾和姿態，完完全全是他的想像結果。有時我忍不住對那些強按在我身上的無來頭細節表示強烈的抗議，他只是笑，說：「眼睛是靈魂。眼睛是你的，你就擁有了一整個世界，其他都是無關緊要的東西。假若眼睛不是你的，你才真是一無所有。」在他嘴裡經常會出現這一類明顯是歪理、你卻無從反駁的話語。

其實黃仁寬並不是我唯一認識的畫家。在我家的沙龍和餐會裡，經常會出現各類自稱是畫家的人，梳著畫家特有的那種大背頭[3]，穿著畫家標籤式的背帶褲，上面沾著斑斑點點的染料印跡，吃飯時把麵包掰成碎塊，捏在指尖上團過來團過去，彷彿還在修改著想像中的素描稿，說話時帶著畫家特有的桀驁狂放口吻，話題永遠徘徊在留學巴黎的某位同行，或者正在開張的某個畫展。黃仁寬和他們幾乎毫無相似之處。黃仁寬穿著袖口已經磨出毛邊的連襟布褂，直硬的頭髮從來不肯接受髮蠟和吹風的慰撫，吃飯時只盯著飯碗，筷子敲打著碗底像急雨，彷彿一輩子從沒吃飽過肚子。黃仁寬在不作畫的時候看起來像是個剛從田裡或牲口圈裡歸來的夥計，可他一旦站在畫板跟前，就頃刻變了另外一個人。從農民到貴族的嬗變，只需要一枝畫筆。

他的每一張畫都是以「胭脂」命名的：胭脂觀雪、胭脂凝眉、胭脂微嗔、胭脂過驚蟄……有時實在想不出題目的時候，他就在胭脂之後加上一個數字，如胭脂之一、胭脂之二……有一天，他在一幅畫上題了「胭脂」二字之後，卻捏著畫筆，站立在畫板之前久久無語，最後只在那兩個字之後加了六個小圓點。後來我問他那個刪節號裡到底藏了些什麼東西？他嘆了一口氣，說：「是想說，又不敢說的話。」

我的眼睛毫無預兆地一熱。他已經站到了某種情緒的邊緣上，只要腳尖往前再挪一吋，他就有可能踩破覆蓋在真性情上的那張薄紙。其實他的這句話至多只算是曖昧，可是對於一個一直被苛省鉗制慣了的人來說，這無疑已經是莫大的奢侈。我的手腳在那一刻完全脫離了腦子的管轄，等我明白過來時，我已經走過去，從身後箍住了他的腰。我箍得很緊，手掌和指頭壓癟了他的肉，鉗上了他的骨頭，我幾乎聽見了他骨頭在我手下的呻吟聲。我感覺到他的身體劇烈地顫動了一下，倏地緊成了一塊岩石。那塊岩石在我的體溫之下漸漸化了，一絲一絲的，像是在溫水中泡著的凍肉。就在那塊石頭將要徹底化成水的那一瞬間，他似乎猛然清醒過來，死命來掰我的手。我不肯讓步，他也不肯，在掙扯的過程中，他的指甲刮破了我無名指上的皮，我疼得嘶了一聲，終於鬆開了手。

他怔怔地望著襯衫前襟的那一滴血跡，突然拉過我的手，把那個受傷的指頭含進嘴裡，輕輕地吮著。剎那間我覺得我的心丟失了，它順著那根指頭滑入了一片溫熱潮濕的沼澤之中。沒有人可以從那種地方生還，但那卻是世界上最銷魂的死法。在那樣的死法面前，活著突然變得蒼白。

我伏在他的胸前抽抽噎噎地哭了起來。是委屈？是意外？是快活？是驚恐？我說不清楚，我尚無法給我的眼淚取名。

「胭脂，哦，胭脂，我不能，害你。」

他倏地鬆開了我的手，把我朝門口推去。門在我身後決絕地關上了，我清晰地聽見了鎖栓穿過栓孔的咔嗒聲。

我站在黑暗的過道裡，不知所措。樓下那家的姆媽一邊在噗哧噗哧地搧著風爐，一邊招呼著還在街上玩耍的孩子歸家。我想返身敲門，猶豫了一下最終沒有。我不能敲門，尤其是一扇極有可能不會開的門。我每天在那個女人的眼皮底下，踩著這條像躺著九十九隻吱吱作響的老鼠的破樓梯進進出出，她看我的眼神裡藏著荊棘和冷風。我不能讓我的恥辱流到街上。

我踮著腳尖輕輕下了樓。樓下的孩子舉著一個風車從外邊跑進來，猝不及防地撞到我身上，鼻涕蹭了我一身。一走到街上，我拔腿就跑。我猜想我跑得很急，因為我覺出了嘴裡被風刮進來的塵粒。陽光偏了，塗在樹上，夾竹桃開得正妖嬈，我眼中卻沒有任何顏色。

那天我回到家，沉默地吃完了晚飯，就鑽進自己的房間，草草收拾了幾樣東西，塞進一個不起眼的布包裡。我已經想好了，明天去黃仁寬那裡，就坐在門外等，一直等到他開門。然後，我會把我包裡這幾樣簡單的衣物，放進他櫃子的抽屜裡。我不打算回家了。我的手指被那樣的唇舌吸吮過之後，我的衣服已經不可能再和別人的衣服放在一處。

第二天，我從家裡出去，走到街角那個電車站，一抬頭，就看見黃仁寬站在站牌底下，兩隻手縮在袖筒裡，頭髮亂若茅草。他一把扯住我的袖子，說了一句話。他的嘴唇顫抖得如同一只勤勞的米篩，我一個字也沒聽清楚。

後來胭脂多次問過我，那天在電車站見到她時，我到底說了句什麼話。我的記憶在這裡發生了短路。我不記得到底說的是「跟我走」，還是「你怎麼沒穿外套」。人在激動或慌張的時候，智力還不如一條冷靜狀態裡的狗。

那天我是拖著胭脂上了電車的，胭脂似乎丟了腿。胭脂那天也丟了嘴巴，一路都沒說一句話。丟了腿丟了嘴巴的胭脂好像只剩了眼睛——是拿來哭的。眼淚滔滔不竭地從她的眼睛裡湧出來，彷彿眼睛後頭連著一個漏了口子的海洋。

在去找她的路上我已經想了許多話，有複雜的解釋，也有簡單的表白。複雜的解釋是給簡單的表白鋪路的，而簡單的表白是替複雜的解釋善後的。可是當我看見胭脂洶湧的眼淚之後，我就明白那全是在隔著三層皮袍搔癢。我的嘴是一塊貧瘠的地，長不出安慰胭脂的話。能堵上胭脂心裡那個缺口的語言，還沒從這個世上生出來。我只能聽著她的眼淚把地上的泥塵砸出一個一個坑，我的耳膜生疼。

那一刻我突然想明白了：唯一能堵上胭脂心裡那個缺口的辦法，就是去害她。不是那種心懷不忍、蹭破一層皮又縮回來的害法，而是徹徹底底地把她丟進地獄之火的害法。我不能讓她，還有我自己，輕刀慢剮地死上一輩子，也疼上一輩子。我若離了她，就是一具行屍走肉。

回到家，門還沒關嚴，我就一把摟住她，把她推到牆角，單刀直入地用我的舌頭去撬她的口。她吃了一驚。她沒見過這個樣子的我。我也沒有見過這個樣子的自己。我是碰過女人身子的，可我從未吻過女人，在女人的唇舌面前，我是個地地道道的童男子。我不知道女人的嘴裡有這樣一個幽深的世界，像井，我的舌頭走啊走啊，四處碰到的都是爬著青苔的井壁，溫潤柔軟，卻怎麼也探不到底——她的舌頭在攔著我的路。「攔」是第一個竄到我腦子裡的字，沒經過琢磨，其實我也分不清楚那到底是攔阻，還是逢迎。我們的舌頭勢均力敵互不相讓地糾纏角鬥了起來，我的手不肯旁觀，急切地上來助陣。

我摸摸索索地去脫她的衣服。那天她穿了一件中式布襖，縫著複雜的盤花扣。我解得滿頭是汗，就用牙咬。那天我什麼也等不及，那天我的耐心像漏斗。我的手指一碰觸到她的肌膚，就立即被燙傷，我驚異地發現她的柔軟是騙人的包裝，在那之下是一層隨時要噴湧出來的岩漿。我迫不及待地尋找著進入她身體的路，所經之處，瞬間成為焦土。我的熱度，加上她的熱度。

那是她的第一次，床單可以作證。她卻無從知道那是不是我的第一次。我沒有東西可以作證。就是有也是偽證。她叫得很響，不是嬌喘，而是吶喊。吶喊著疼痛，也吶喊著快活。在我那張用磚頭墊著腿的破床上，她聽上去像一個久經沙場的蕩婦，我不得不用手捂住了她的嘴。

後來，胭脂靠在我的胸前，汗濕的瀏海在額頭捲成一個個圓圈。我久久沉默。她問我在想什麼。我真想在這一刻死去。此生不可能有比這一天更好的日子了，假如一生的路可以畫成一條線，今天是這條線上的那個巔峰。前面不曾有過，後面也不會被重複。後面的日子跟今天相比，只能是綿長繁瑣無趣的反高潮。在巔峰上死去，是對巔峰的最高敬意。

當然，我沒告訴她我的真實想法。她比我小，她家境太好，她活在一個大氣泡中。戰爭，還有我，都只是從她的氣泡旁邊蹭過的爛泥，至多蹭掉一層皮，卻不會穿透那層厚壁。

後來，我給她講了阿秋的事。

阿秋是我的表姐，她阿娘和我阿娘是嫡親的姐妹。兩姐妹嫁的人家，相隔只有三五里地。我阿娘生我的時候，她阿娘正好生她阿弟。我阿娘身子弱，沒有奶水，我生下來就送到阿秋家，讓她阿娘餵奶，我在她家裡養到五歲才回到阿娘身邊。阿秋比我大三歲半，小時候她背過我，用寬布帶子綁在後背，從這家到那家串門。我從小管她叫阿姐，到現在也很難改口。

我中學畢業，死活要去上海讀書，阿娘怕我見識過大地方的花紅柳綠，將來不肯回家，就讓我娶了親再走。我原是不情願的，只是擰不過阿娘。阿娘病得厲害，我又一心盼望著出去見世面，只好應承了下來。

阿娘要我娶的那個人，就是阿秋。阿娘說兩家親做成一家親，知根知底的，最好不過了。

拜天地之前，我就告訴過阿秋：我只拿你當姐，卻是不愛你的。阿秋說鄉下人過日子，愛不愛有什麼打緊？姐終歸是要嫁人的，嫁個十里百里之外的陌生人，還不如就嫁給你。你不會欺負我的，姐放心。

我們就這樣成了親。

我來到上海讀書，一年裡也懶得寫幾封信回去。暑寒假回家，待不了幾天就走，跟阿秋說不上幾句話。阿秋說小時候我背著你，你趴在我背上嘰嘰喳喳有說不完的話。可為啥現在見了我就沒話了？我說那時候你是我姐，現在不是。你要是還想我跟你說話，你就得做回我姐。阿秋說做夢都想回到從前那樣，只是，那張龍鳳帖是在祖宗靈牌跟前換的，卻是廢不得的，除非她死。

「所以，昨天，我把你關在門外，是想讓你逃一條，生路。」我對胭脂說。

我以為她要哭，像剛才在電車上那樣，可是她沒有。她只是用胳膊支楞起身體，直直地看著我。

「那今天，你怎麼又變了？」半晌，她才問我。

「昨天，我以為你走了，大不了我一個人死。現在才知道，我就是讓你走了，你也逃不了生。反正都一樣是死，不如兩個人一起死。」

我去摟胭脂，可是她掙脫了我，我發覺她的手很有勁道。她起身，穿衣，用手背撣去鞋面上的灰塵。

「誰要死呢？我不死。」她說。

她從手提包裡掏出一面小鏡子，藉著窗口的光慢慢地梳理著頭髮。

「那張龍鳳帖，她要，你就讓她收著。可是，她只能是你的姐。一輩子。」胭脂說。

「你每月給她寄錢。可這份錢你得自己掙，不能用我爸的。」

「我可以出去教鋼琴，像那些白俄女人。」

胭脂的話是對著鏡子說的，她沒看我。

我這才知道，我到底還是錯看她了。胭脂沒有活在氣泡裡。胭脂享受得了最光鮮的日子，也吃得起世上最低賤的苦頭。胭脂的柔軟是騙人的假象，那層皮底下不僅有岩漿，也有石頭。胭脂能活過所有的亂世，比任何一個凡夫賤婦還能。

我那天對胭脂下的判斷，在後來的日子裡得到了印證。胭脂果真活過了所有的亂世，也活過了所有的人，包括我，她的丈夫。

不，其實我不是她的丈夫。胭脂沒有丈夫。我的第一本戶籍登記冊上，配偶是葉素秋。後來我換了戶籍證，上面的配偶是鄭婉麗。而胭脂的戶口本上，婚姻狀況一欄裡，填的是喪偶。

「你爸爸，是永遠不會原諒你的。」我嘆了一口氣。

「我知道他不會。」胭脂平靜地說。

胭脂站起來，去收拾桌上的髒碗。走了一半，卻突然停住了腳步，因為她看見了桌角上的那幅畫。

那幅我在慌亂之中忘了收起來的畫。

黃仁寬是個雜家。他畫得最多的是水彩，其次是國畫，偶爾也畫幾筆油畫。

他的畫居多是人物，簡略寫意的那種，留白很多，細節很少。

可是那天我在他桌子上看到的那幅畫，卻和他平素的畫風全然不同。

那是一幅工筆國畫，已經畫了七八成，是對著旁邊的一張照片臨摹的。照片似乎走了很多路，邊角已經缺損，表面灰濛濛地像灑著一層土，卻看得出來是一幅宮廷狩獵圖。照片邊上擺著一個放大鏡，黃仁寬大概就是用這個玩意兒在灰濛濛的土裡扒找半隱半現的細節的。

畫上的場面很大，人物也很多，除了那些騎在馬上的錦服男子，地上還行走著無數提著箭袋拿著獵物的小廝。黃仁寬臨摹得很仔細，馬匹身上的鬃毛根根清晰。

我從沒見他畫過工筆古裝，而且是臨摹，便忍不住問他那是張什麼畫，值得花這樣的眼力？

他走過來，把畫捲起來，丟到床底下的一個扁簍裡，神情羞愧，像被人當場拿住的竊賊。

「我不想讓你看見的，早上出門太匆忙，還沒有來得及收起來。」他說。

我這才想起來有幾次我進門時發現的濕顏料盤子，我曾經以為他在暗地裡畫春宮。爸爸沙龍裡的那些畫家聚在一起時，有時也會嘲笑某一位靠賣春宮維持家計的同行。

我從床底下拖出那個簍子，裡邊堆了十數個畫卷。打開來，都是一模一樣的畫，出自同一個範本。都還沒來得及裱——看得出來是新近畫的。

「朝廷敗了，宮裡就有人偷出各樣東西來賣。照片是從北平帶過來的，洋人拍的，是宮廷畫師的畫。」他嚅嚅地說。

我突然明白了，他是在偷偷摹仿宮廷裡的藏品。

我開了燈，把那幅沒完成的臨摹品從竹簍裡撿出來，細細對照著它的範本。

「倒是真的，很像。」

我由衷地讚嘆道。

「老師說過，我的臨摹能力，遠超出常人。」

他說這話的時候，神色微微的有幾分自得。可是自得還沒來得展開，就被難堪覆蓋住了。

「有人要嗎，這樣的東西？」我問。

「總有一些愛擺舊譜的人，喜歡在堂屋裡掛些古畫，明知不一定是真品。」他說。

「能賣到什麼價格？」

我剛成為他的女人，我關心的話題就已經和昨天不同。

「假若材料用對了，以假亂真也是做得到的。市面上有時也會碰到宮裡流落出來的宣紙和絹，在那上面作畫，可以障人眼目，遇到真喜歡的人，也是肯出好價錢的。」

「你說你的畫遲早是要賣大錢的，說的就是這個？」

話一出口，我就知道踩著了他的痛處。其實，還沒開口我就知道了。興許，我是存心要捅他一刀的，亂世裡這麼薄的面皮還怎麼活？

「賣仿品又怎麼啦？至少還沒落到賣春聯壽幛的地步。」我說。

他站起來，在房間裡來來回回地踱步，呼氣聲一屋都聽得見，好像那房間是個籠子，他是隻被圈住了脖子的狗。

「這點本事，我早就會了，用得著到美專來學嗎？我本來……」他說了一半，突然停住了，再也不肯往下說。

我猜到了他嚥下去的那半截話——那是一個從鄉下到上海學畫的少年人一路上揣著的念想。擋在道上的東西很多：戰爭。家變。傷寒。還有女人。

兩個女人。他現在是離那個念想更近了？還是更遠了？

「你總是可以，畫一張假的，賣了，再畫三張真的。」我說。

他被我逗笑了，笑得很難看。

我寧願看見他哭。

那個鄉下少年人懷裡揣著的念想，直到三十年以後才得以實現。和他分享快樂的人，卻不是我。這聽上去像個負心漢的故事，實際上也是。只不過那個負心漢的名字叫命運。

爸爸永遠也沒原諒我，作為父親。他後來接受了我，是作為外公。

我的女兒出生在一九四五年八月十五日。她還沒足月，她是被連天的鞭炮聲驚嚇得提早來到人世的。假若我有未卜先知的本事，知道她後來的命運，我寧願那天生下來的是個死胎。

女兒生下來，哭聲孱弱，聽起來像是一隻街邊奄奄一息的棄貓。護士把她洗乾淨了，裹在布包裡送到病房時，她卻突兀地發出一聲尖利的號叫。那聲音裡帶著刀子，捅得天花板唰唰掉渣。病房裡有一個給兒媳送湯水的老婆子，定定地看了她一眼，嘆了一口氣，俯在我的耳邊說：「這孩子的命，唉。你給她取個最賤最硬的名字，興許還能壓得住。」

後來我才知道，那個老婆子是以算命為生的。

我把老婆子的話轉告給黃仁寬，他不屑地哼了一聲。「剛出世的孩子，哪有什麼命？這麼無知的話，你也信？」

他給女兒取了個學名叫黃宜人。

我卻叫她抗抗。

我對黃仁寬說是為了紀念抗戰勝利日，而真正的原因，只有我自己明白：我想讓她好好抗一抗老天爺給她的命。

注1　打擺子：瘧疾的俗稱，患者發作時會出現抽搐與打寒顫的症狀。小說中畫家罹患的是傷寒，同樣有顫抖的症狀，此處的「打擺子」取其「顫抖」之意。

注2　亭子間：上海舊式樓房中的小房間，一般位於房子後部樓梯中間。

注3　大背頭：俗稱油頭，是指將額頭前面的頭髮全都往後梳，一般會用到髮膠固定住。

中篇

女孩和外婆的故事

小女孩扣扣醒來，天已經黑了。她不知道自己睡了多久，摸了摸四周，都是軟的，才想起自己原來鑽進了那床疊捲成一個圓筒的棉被中。棉被有味，是陳年的樟腦味，也有梅雨留在棉花上的霉味。剛開始時很難聞，她得憋住氣。後來聞久了，就慣了。外婆說天冷了，要把這床厚棉被拿出來晒一晒，再鋪到床上，可還沒來得及。

扣扣其實是不知道時間的，扣扣只是從櫃門縫裡透進來的微光，猜到外頭大概是夜晚了。白天的聲響退走了，夜晚的聲響開始浮現。白天的聲響很雜亂，有旗子被風刮扯起來的喇喇聲，有腳踹在地上的咚咚聲，有好些個嗓子混成在一起的喊話聲，也有布頭紙張木片燒起來的劈啪聲。白天的聲響有毛刺，在人的耳朵上走過，能拉出血印子。夜晚的聲響和白天不一樣。夜晚的聲響也很雜，有女人搖著蒲扇生火的沙拉沙拉聲，有娃娃挨了大人打時的哭叫聲，有野貓從一片瓦頂跳到另一片瓦頂時發出的叫聲，也有空瓶子滾過街邊的噹啷聲。夜晚的聲響也長著牙，只是夜晚的牙鈍，碰著人耳朵像撓癢癢，並不疼。

扣扣在瑟瑟發抖。扣扣不懂，她全身都裹在棉被裡了，為什麼還會覺得冷。樓下人家風爐上煮的米飯冒出的香味，勾得她的肚子發出一串驚天動地的尖叫，她這才明白，原來飢餓也是一種寒冷。

這幾天樓下的宋婆婆天天在和外婆說「那些人」的事。宋婆婆幾十年的偏頭疼，是外婆用幾根銀針扎好的，所以宋婆婆記得外婆的情。「『那些人』到了城西街的天主教堂，把看門的剃了半邊光頭。」「『那些人』在五馬街，從一百的樓頂往下灑紙，白花花地像下雪。」「『那些人』在謝池巷呢，見著眼生的東西就往火裡扔。」

宋婆婆不怎麼出門，可宋婆婆知曉溫州城裡發生的所有事情。扣扣不知道「那些人」是誰，扣扣只隱隱覺得「那些人」無所不在，想去哪裡，就在哪裡，像雲，像風，誰也說不準，誰也攔不住。

今天外婆和扣扣剛剛吃完午飯，還沒來得及把髒碗筷拿到灶臺上去，宋婆婆就顛著小腳，咚咚地跑上樓來，告訴外婆「那些人」又進巷了，剛從皮鞋佬三豹家出來，又進了隔壁的長人李家。李家的老爺子攔在門口不讓進，挨了一腳。上次走了兩家又折回去了，這次看樣子是要挨家挨戶。

外婆送走宋婆婆，關上門，扯上窗簾，身子矮下來，爬進了床底。外婆窸窸窣窣地在床底下翻找著什麼東西，露在外邊的兩片屁股扭來扭去。扣扣驚奇地發現，平日裡看起來瘦巴巴的外婆，身子彎成兩截的時候，竟然有肉。

一會兒外婆從床底下出來了，滿頭是灰。外婆手裡拿著一大一小兩樣東西，塞進扣扣懷裡。外婆打開衣櫃的門，扣扣以為外婆是讓扣扣把那兩樣東西放進去，可是外婆卻指了指櫃子，讓扣扣進去。

「我不開門，你就千萬不能出聲，出聲就要了外婆的命，你懂不？」

沒容扣扣答應，咔嗒一聲，外婆已經鎖上了櫃門，把扣扣留在了裡邊。

扣扣住的這條街，叫橋兒頭，在溫州城的西角。外婆常常搬家，從謝池巷搬到百里坊，又從百里坊搬到橋兒頭。這是扣扣記得的。扣扣才五歲，扣扣記事之前究竟外婆還搬過多少次家，她就不知曉了。

現在住的這個地方，是個小閣樓，兩間房。其實是一間半，那半間是灶披間[1]。睡覺的那間屋子比灶披間大不了多少，早上起床穿鞋子，外婆的腳經常會踢到牆邊的衣櫃。扣扣問外婆為什麼會越搬越遠，越搬越小？外婆敲了敲扣扣的腦勺，說你一個小不點，要那麼大的房間做什麼？

扣扣沒上幼兒園，外婆不許。外婆說在家看看書就好了，別出去跟壞孩子學野了。外婆說的書，是小人書[2]。外婆隔一陣子給扣扣買一本小人書，外婆每天睡覺前都給扣扣講小人書裡的故事。扣扣雖然不認得字，扣扣卻早把小人書裡的故事記得滾瓜爛熟。

除了偶爾到街角的酒米店兒去打瓶醬油，扣扣很少出門，外婆不許。外婆忙著糊火柴盒子的時候，扣扣就站在窗前發呆，看著窗沿上螞蟻排著長隊搬家，外邊樹上雀兒飛來飛去，弄堂裡的孩子為搶一個皮球打成一團。她只覺得孤單。扣扣沒有爸爸，沒有媽媽，沒有哥哥姐姐，也沒有弟弟妹妹。她好想有一個伴兒，跟她搶搶小人書，凶巴巴地吵上一架。

有一回，扣扣看著小人書，突然就嘆了一口氣。外婆斜了她一眼，說你這個小小人兒，怎麼有這麼長的一口氣？

扣扣說我和孫悟空是一家的嗎？

外婆說什麼話？牠是猴子，你是人，能是一家嗎？

扣扣說我們兩個都是從石頭縫裡蹦出來的。

外婆一怔，半晌，才呸了一聲。

「外婆是石頭嗎？你有外婆呢，孫猴子牠有嗎？」外婆說。

扣扣沒吱聲。扣扣其實是有話的，可是扣扣不想說。

外婆不是她的親外婆。外婆是在一棵樹下撿到她的，有人把她裹在一床破被子裡扔在外婆住的那個街口——那時候外婆還沒搬到溫州。被子上縫了一張字條，上面寫著扣扣的出生時辰。那是宋婆婆問外婆為什麼扣扣沒有媽媽的時候，外婆悄悄告訴宋婆婆的。外婆以為扣扣沒聽見，外婆不知道扣扣有順風耳，扣扣聽得見老鼠在窩裡商量嫁女兒。

外婆沒工作，外婆一天到晚都在糊火柴盒子。外婆說糊上五個火柴盒子，就可以換一根針。扣扣問外婆要多少根針才可以換一本小人書？外婆說把你手指頭腳趾頭都加起來，就差不多了。扣扣不懂算數，扣扣只知道針不值錢，火柴盒子更不值錢，小人書倒是值幾個錢的。

扣扣知道，外婆靠糊火柴盒子，是買不起小人書的。外婆買小人書的錢，是從別的地方來的。

外婆把扣扣鎖進了衣櫃裡，就咣啷咣啷地去拖那張糊火柴盒用的小茶几。平素小茶几擺在屋子中間，外婆是坐在床沿上幹活的，為了省地方。這會兒外婆把茶几拖到了門外，屁股坐在門檻上，正正地擋住了門。外婆鋪開刷子和裝糨糊的盤子，外婆擰糨糊罐子時手在發抖，擰了幾回才擰開。

扣扣摸了摸外婆塞在她懷裡的東西，大的那樣是個長方形的盒子，外頭包著一塊布，布上緊緊地纏了幾道尼龍繩。扣扣不敢拆，一拆就要弄出響動。小的那樣是個小布包，袋口也繫著繩子，卻好像是活結。扣扣用一個指頭輕輕一勾，結子就鬆了。扣扣的手指頭探進去，摸著了大大小小幾個圓環，有的平滑光溜，有的鏤著花，凹凸不平，卻都是冰涼冰涼的。扣扣就知道，那是外婆的玉鐲和金鎦子[3]。

外婆曾經帶著扣扣去過一家首飾店，吩咐店裡的人用大鐵剪剪下一截金鎦子，放在一桿小秤上稱過重，又在算盤上算出一個數。店裡的人就是照著算盤上的數，給了外婆一疊鈔票的。扣扣這才懂得金鎦子原來值錢。扣扣問過外婆，為什麼要把金鎦子剪去一截，而不是整個拿去換錢呢？外婆說金鎦子是外婆的娘給外婆的念心兒，能多留一截，就多留一截。扣扣不知道原來外婆有娘，扣扣以為外婆和扣扣一樣，也是從石頭縫裡蹦出來的。

街上的動靜越來越大。遠一些的時候，那嘈雜聲聽起來像一條有很多股細線交織在一起的粗繩子。等近了，扣扣就分清了上面的股。戚戚嚓嚓的腳步聲其實也是有區分的，輕巧一些的是布鞋，笨重一些的是橡膠底的球鞋。嘰嘰喳喳的說話聲也各不相同，有粗聲大氣的呵斥，有小心翼翼的辯解，也有嘻嘻哈哈的鬥嘴。男男女女。

腳步聲終於在樓下停住了，接著響起了咚咚地敲門聲。沒人應門。宋婆婆在家，說不定就站在門後的黑影裡。宋婆婆沒去開門。宋婆婆還想等一等。

可是敲門的人不肯等。敲門的人沒有耐心。敲門聲很快變成了咣咣地砸門聲。砸門聲又很快變成了轟轟地踹門聲。

宋婆婆只好出來開門。

「四舊，交出來。」門外的人轟地一聲湧進來，耐心已經磨出了洞。

「這裡的人家，都才搬進來沒多久，哪有，有什麼舊？」宋婆婆顫顫巍巍地說。

「憑什麼信你？我們要親眼看見。」

接著便是一陣稀里嘩啦的聲響，腳步聲分了兩路，一路朝裡，一路往上。

腳步聲在樓梯上停了下來，扣扣的心一下子扯到了喉嚨口。心很大，喉嚨很小，心堵得扣扣想吐。轟。轟。轟。這麼響的心跳，滿屋子都聽得見。扣扣扔下手裡的東西，扯過一個被角，緊緊捂住了胸口。沒用，心猶自跳得像野馬奔騰。

樓梯道很窄，並排只能站下兩個人。從聲音聽起來，樓梯上站滿了人，一排一排的，可是誰也上不來，因為外婆的茶几擋在樓道口。

從櫃門縫裡望出去，扣扣只能看見外婆的側影。外婆坐在門檻上，低著頭，慢條斯理地糊著火柴盒，彷彿站在她跟前的，只不過是幾條影子。外婆今天用了太多的糨糊，刷了一層又一層，平素外婆從來不捨得這樣浪費。

外婆的沉默似乎帶著重量，壓得那些人隱隱矮了幾分。

「交出，你，你家的四舊。」領頭的那個人說。

那人說話時嘴角一扯，嘶了一聲，彷彿在忍著疼痛。

那人也許十二歲，也許十五，那一群人看上去都一般大小。扣扣看不準人的歲數，只覺得那人很瘦，左邊臉頰上有一塊紅色的斑，說話的嗓音有些古怪，像被人掐住脖子的鴨仔。還要過幾年，等扣扣長大一些，她才會懂得，那個人正在經歷變嗓。

那人不僅說話的聲音古怪，站著的樣子也有些古怪，身子斜著，一隻手托著另一隻胳膊，彷彿那隻胳膊太沉，身子承不住。

外婆沒有立刻回話。外婆糊完了手裡的那個火柴盒子，才抬起頭來，定定地看著那個人。

「成分。」外婆說。

外婆的嗓子壓得很沉，扣扣幾乎分不清傳到她耳朵裡的到底是聲音還是震顫。

「什麼成分，你？」外婆用糨糊刷子指了指那個人。

那個人吃了一大驚。這是一句他敲開別人家的門時都要問的話，他已經問得滾瓜爛熟，幾乎不用再經過腦子。他從來期待的都是回答，而不是問題本身。他被這個爛熟於心的問題毫無防備地砸中了，一時懵住。

「工，工人。」他結結巴巴地回答。

外婆微微一笑。

「想知道我是什麼成分吧？」

那人看著外婆，不知該點頭還是搖頭。

「告訴你，我是城市貧民。」

外婆放下刷子，舒展了一下胳膊。

「你懂得城市貧民是什麼意思嗎？」

那人茫然地搖了搖頭。

「這要在農村，就是貧農。」外婆說。

「你知道工人和城市貧民是什麼關係嗎？」

那人又茫然地搖了搖頭。

「回家好好學習學習。工人和貧下中農是同盟軍，所以工人和城市貧民也是同盟軍。同盟軍就是自己人，自己人能打自己人嗎？」外婆問。

外婆沒有期待回答。外婆站起來，身子朝前微微一傾，兩個胳膊往外送了一送，像是轟雞出籠。

那人不知所措地往後退了一步。

就是因為這一步，繫在繩子中間的手絹出現了傾斜，拔河的隊伍決出了勝負。

短暫的猶豫之後，人群鬆動了。腳步聲又響了起來，這次，是往下。

眼看著那群人就要散去，外婆卻又突然開了口。

「回，你回來……」外婆猶猶豫豫地說。

外婆的聲音開頭很硬實，結尾卻不上不下地飄在了半空。外婆有些後悔，可說出去的話已經無法往回收。

樓梯上的人疑惑地停住了步子。

「你今天受過傷嗎？」外婆問那個臉上有斑的人。

那人嘴唇扯了一下，卻沒吭聲。

「他掛標語，從樹上摔下來了。」旁邊的一個人替他回答。

「你是腳先著地，還是手先著地的？」外婆追著問。

那人想了想，說是手掌撐著落地的。

「疼嗎？」外婆指了指那條被另一隻手托著的胳膊。

那人猶豫了一會兒，也許他是想說疼的，可是後來臨時變了卦，梗著頸脖咕囔了一句：「輕傷不下火線。」

外婆說你把手鬆開，那隻。然後把這隻手貼在胸前，手掌伸過去，搭到那邊肩膀上。

那人照做了，像只木偶，線提在外婆手中。可是他沒有做到，因為那隻手掌搭不過去，像缺了一根筋。

外婆嘆了一口氣，說孩子，你的肩關節脫臼了。

「孩子？」扣扣幾乎不相信自己的耳朵：外婆竟然管那人叫「孩子」。

外婆很少叫扣扣「孩子」。從記事起，外婆大概就叫過她兩次。一次是她高燒不退，外婆用濕毛巾一把一把給她擦身子的時候；還有一次是她說自己和孫猴子一樣，都是石頭縫裡蹦出來的時候。

可是外婆卻管那個說話像鴨仔的陌生人叫「孩子」。

扣扣嘴角牽了一牽，有點想哭。可是扣扣忍住了。外婆看不見她的眼淚，她哭了也是白哭。而且，外婆交代過了，她打死也不能出聲。

「脫臼是什麼意思？」有人問。

外婆想解釋，半天也沒找著詞。

「火車，火車知道吧？火車本該待在軌道裡，結果有東西撞上了它，它就脫離了原來的軌道。他那個肩關節，就是脫軌的火車。」外婆說。

人群裡發出一陣驚叫。

「翻車，是翻車。」有人說。

「嚴，嚴重嗎？」那個說話像鴨仔的人問，聲音有些顫抖。

外婆伸出手，像是要抓那人的胳膊，可是伸了一半卻又停住了，手指在半空凝固成一朵半開半合的花。扣扣知道外婆在想事。外婆想事的時候，額角一會兒鼓，一會兒癟，像有隻蟲子在裡頭爬。

「我帶你，去醫院吧。」外婆說。

那人的一隻腳提了起來，卻沒有立刻放下，似乎沒想好該朝哪個方向。

「你造謠！」突然，他揚起脖子喊了一聲，頰上那塊斑漲得赤紅，腦門上的一綹頭髮跟著聲音一顫一顫地跳動。

「你想嚇唬我們，你不是城市貧民，你是階級敵人！」另一個聲音也喊了起來。

鴨仔彷彿從睡夢中突然清醒過來了，精神大振。

「把她押到指揮部，好好審一審，剝開她的真面目。」

鴨仔揚起那隻好胳膊，揮舞了一下，扣扣看不清他在幹什麼。扣扣是從聲響和外婆的神情上，猜出了鴨仔做的事情的。

外婆的身子晃了一下，外婆的一隻手朝外，似乎在擋著什麼東西，另一隻手捂住了半邊臉頰。

鴨仔打了外婆一記耳光。

那一記耳光很狠，外婆沒有防備，被那一掌摑到了牆上。外婆的下巴簌簌地抖著，不光是疼，還因為震驚。

眾人蜂擁而上，拽著外婆，把外婆往樓下推去。

一切都發生在一瞬間。彷彿天上落下一隻看不見的手，把繩子中間繫的那條手帕倏地挪了位置，已成定局的拔河陣勢一下子就變了。扣扣愣住了。扣扣不懂外婆為什麼明明已經贏了，卻又輸了。

「你讓我，把門鎖上。」外婆掙脫了那些人的手，從兜裡摸摸索索地掏出鑰匙。

「去去就回，很快的。」鎖門的時候，外婆自言自語地說。

扣扣知道外婆這話是說給她聽的。

咔嗒一聲，門鎖上了。一陣嘈雜混亂的腳步聲之後，屋子陷入了完全的沉寂。

房門一關，櫃門縫裡透進來的那線光亮，就比先前黯淡了一些，扣扣突然覺出了衣櫃的小。讓她覺出衣櫃的小的，不是衣櫃本身，而是那兩道鎖——櫃門上的，還有房門上的。她被關在這個上了兩道鎖的黑匣子裡，在衣服和被卷之間。

整個世界上，只有外婆一個人擁有這兩道鎖的鑰匙。假如外婆回不來了，她會在這個黑匣子裡爛成泥，化成水嗎？從前在百里坊住的時候，鄰居家有個男孩下河游泳淹死了，就是放在一口跟這個衣櫃差不多大小的棺材裡埋了的。那家人在棺材裡鋪了厚厚一層草木灰，是為了吸水用的——吸身子爛了以後流出來的水。

這床被子，這床外婆還來不及換到床上去的厚被子，會是她的草木灰嗎？

扣扣身上每一塊相連的部位突然都開始相互撞擊，牙齒和牙齒、骨頭和骨頭、骨頭和肉。過了一會兒，她才明白過來，她在發抖。她抖得那樣厲害，連衣櫃也跟著她發出簌簌的響動。眼淚洶湧地流了下來。扣扣先前不敢哭，是因為害怕；現在哭了，也是因為害怕。先前是害怕被人發現，現在是害怕被人忘記。扣扣扯了一塊被角堵在嘴裡，抽抽噎噎地哭了很久，很久，直到每一個毛孔裡的水都擠乾了，眼睛灼疼得像兩塊燃燒著的煤球。

終於哭累了，她才昏昏沉沉地睡了過去。

扣扣不知道自己睡了多久，在中間她做了一個夢，夢見小肚子上栓著一根繩子，有兩個聲音趴在她的耳朵眼上一左一右地跟她說著話。一個說鬆了，你鬆了這根繩子，身子就舒坦了；另一個說不能，你千萬不能鬆，一鬆你的身子就散了，再也收不回去了。兩個聲音各執一詞，互不相讓，把她的腦袋瓜子撕扯成了兩半。後來吵累了，就都住了嘴。她腦子一清靜，小肚子上的繩子就不由自主地鬆了，一股溫熱的東西，順著大腿流了下來。

扣扣倏地醒了，坐起來，發現被子已經濕了。她慌慌地去摸那兩樣東西，大的盒子已經濕了一個角。她撩起夾襖的衣襟，來洇布上的那塊濕跡。擦了一遍又一遍，只覺得布已經給擦出了毛，卻不知道是更乾了，還是更濕了。她突然想起外婆把那兩樣東西塞到她手裡時的神情。扣扣從前見過一隻野貓，牠生了三隻崽，有一隻掉進了牆夾縫裡。那隻貓不吃不喝，白天黑夜在牆上走來走去，不停地哀嚎。外婆把東西交給扣扣的時候，眼神就像那隻母貓，而那兩樣東西，就是掉進了牆縫裡的貓崽——外婆生怕再也見不著它們了。

扣扣把布袋按在胸口緊緊捂著，突然，聽見屋外有一陣窸窸窣窣的聲響。是有人在撥弄門鎖。扣扣一下子屏住了呼吸。

不是外婆。她想。外婆進自己的家門用不著偷偷摸摸。

是賊！

扣扣身上的汗毛錚錚地豎成了一片樹林。她咬住牙齒，用嘴唇封住了從牙縫裡漏出來的呼吸聲。

門發出輕輕的一聲吱扭，接著響起了腳步聲。腳步聲只是扣扣的猜想，其實那聲音裡沒有腳掌，只有腳尖。腳尖踮上去，地板在喊疼。地板老了，受不起一根針的重量。

那腳尖小心翼翼地行了幾步路，突然撞上了一件什麼東西，就有人哼了一聲。緊接著，扣扣聽見了另外一聲吱扭，是棕綳床墊在呼疼。屋裡的每一樣東西都和地板一樣老，脾氣大得很，輕輕一碰就大呼小叫。那人大概摸著了床，在床沿上坐下了，揉著身上碰疼了的地方。

床挨著衣櫃，兩樣東西中間，只隔著一層薄薄的木板。扣扣從來不知道自己的身子會發出這麼多動靜——呼吸穿過鼻孔的聲音，牙齒和牙齒打架的聲音，心撞在胸膛上的聲音，腸子蠕爬扭動的聲音……每一樣聽起來都響如雷鳴。扣扣把身子縮得很小，很緊，可是沒用，聲音捂不住，依舊肆意橫行。扣扣小肚子裡的那根繩子又隱隱地牽扯了起來，這回扣扣心裡是明白的，她不能放鬆一絲肉一根筋。

「別怕，扣扣，是我。」

是外婆。外婆的聲音壓得很低，低得像是風吹過時落葉在翻身。

外婆摸摸索索地走到了衣櫃跟前，掏出鑰匙開櫃門。黑暗中臉上的眼睛是廢物，外婆依仗的，是手指上的眼睛。手指上的眼睛笨，鑰匙探了很久的路，才終於找到了入口。櫃門開了，扣扣想站起來，腿卻不聽她的使喚，腳板上像戳著一萬根針。扣扣身子一歪，軟軟地滾了出來。跟著她跌出櫃門的，還有那床帶著潮氣和霉味的棉被。

她跌到了外婆身上。外婆趔趄了一下，又站穩了，扶住了扣扣。

「你，你……」

扣扣有很多話要問，扣扣的問題排著長隊一個挨一個地擠在喉嚨口。扣扣的喉嚨太窄太小，話擠不出去，嗓子和舌頭被擠散在兩頭。

外婆一把摟住扣扣，很緊。扣扣放聲大哭。

外婆急急地捂住了扣扣的嘴：「不能，不能出聲，讓人聽見。」外婆貼著扣扣的耳根說。

外婆的手掌很硬，結成痂的糨糊蹭過扣扣的嘴唇像砂紙。外婆的手心汗津津的，有些不中聞的氣味。扣扣別過臉去，想掙脫外婆的手。外婆的手緊追不放，扣扣逃不開，就張開了嘴。扣扣只聽得外婆嘶了一聲，緊接著她覺出了自己牙齒上的腥味。她這才明白過來，她剛剛咬了外婆一口。不，咬外婆的不是她，而是堵在她喉嚨裡的那些話。話堵得太久，話等不及了，就跳過舌頭，落在了牙齒上。

這一口咬得很狠，外婆立刻鬆開了手。可是外婆只鬆開了一隻手，外婆的另一隻手依舊緊緊地摟住扣扣，彷彿那手上拴著的是外婆的性命，一鬆手，外婆就要掉下萬丈懸崖。

啪嗒。啪嗒。有東西落在了扣扣的頸脖上，溫熱的，很沉，一下一下，像釘子在砸肉。

是外婆的眼淚。

外婆把扣扣抱起來，放到床上。扣扣的身子扭來扭去，她不想讓褲子上的濕跡弄髒褥子。外婆漸漸習慣了屋裡的黑暗，摸到窗前，拿起那盒擺在窗臺上的火柴，擦亮了，點起旁邊那個菜油碟子裡的燈蕊——那是家裡停電時備用的油燈。

扣扣想問外婆為什麼不開燈，可是扣扣的嘴唇很沉，扣扣搬不動。

油燈把黑暗剪出一個朦朦朧朧邊角不齊的洞。外婆轉過身來，扣扣看見了外婆的臉。外婆不是中午的外婆了，外婆的半邊臉腫了，一邊的嘴角上結著一塊暗紅色的痂。外婆的臉變得很奇怪，眼睛眉毛鼻孔和嘴巴都歪了，外婆變得很醜。

這只是扣扣看得見的變化。扣扣看不見的東西還很多，比如外婆耳膜上的一條裂縫。扣扣還要再長大一些，才會知道那條裂縫有個醫學名詞，叫耳膜穿孔。那條裂縫後來會變成一個永遠長不攏的洞，天氣一冷一熱，裡邊就會往外漏水。

扣扣想不明白，一個一隻肩膀脫了軌的少年人，竟會有這麼大的力氣，可以叫外婆的五官挪動位置。

外婆放下扣扣，蹲下身去撿拾滾到地上的那床被子。捆著被子的那條繩子已經鬆了，被子扭著身子白花花地躺在地上，像一個赤身裸體的女人。外婆在被子裡翻了一翻，沒翻到要找的東西。外婆又把半拉身子探進衣櫃裡，急切地搜尋著衣櫃的每一個角落。

外婆的手停住了，鬆了一口氣。扣扣知道外婆找到了要找的東西。

外婆一定也摸著了那片濕跡。扣扣心想。

扣扣閉上了眼睛，在等待著外婆的責罵。

可是外婆沒吱聲。半晌，外婆才長長地吁了一口氣。

「做的是，什麼孽啊。」外婆說。

扣扣不知道外婆在說誰。

外婆把那兩樣東西拿出來，塞進枕頭裡。想了想，又拿出來，放進了褥子底下。扣扣聽見外婆又嘶了一聲，大概蹭到了傷口。

扣扣很想問外婆：「疼嗎？」扣扣問的不是外婆的臉，而是外婆的手，那隻被她咬了一口的手。可是扣扣問不出口。嗓子和舌頭各自走了很長的路，卻還沒會合，這回擋在路中間的，是羞愧。

外婆掀開竹罩子取出中午剩下的半碗飯，從熱水瓶裡倒了些水泡著。水是早上燒的，已經不燙了，飯粒子泡不透，依舊硌硬。外婆又換了一碗水，才好些。在外婆轉身拿鹹菜罐子的空檔裡，扣扣已經把那半碗溫水泡飯吃得一粒不剩。確切地說是喝，因為扣扣從頭到尾沒用上牙齒。

外婆端著那個沒及時派上用場的鹹菜罐子，一點一點地給扣扣餵鹹菜，用手指。外婆從不用手指夾菜，外婆用筷子的時候，都會用開水燙過消毒。鹹菜沾著很多鹽粒，外婆的手不知道停。外婆的眼神怔怔的，扣扣知道她在想心事，外婆一想心事額角上就有蟲子爬來爬去。

扣扣把那只空飯碗，伸到了外婆跟前。

外婆回過神來，拍了拍額頭，把額角上的那些蟲子拍了下去。

「沒有飯了，你再吃口鹹菜，行不？」外婆央求扣扣。

扣扣的手卻沒有縮回去。

扣扣直直地看著外婆。扣扣的眼睛深黑深黑的，底下埋著炭火，外婆的眼睛一挨上去，就打了一個哆嗦。

「這個時候，不能再開爐灶起火了。外婆也沒有，吃飯。」外婆嚅嚅地說，彷彿讓扣扣揑住了一個短處。

扣扣沒吭聲，只是把飯碗倒扣著放回了桌子上。

「我治好了那個人的肩膀，還有他的司令，他們才放我回家。」外婆在找話和扣扣說。

「那些人，好幾個有傷病。都還是孩子，爹媽都不知道他們在外邊幹了些什麼。」

「司令，是什麼人？」扣扣喑啞地問。

外婆突然意識到：這是扣扣從衣櫃裡出來之後第一次開口。

「司令就是，他們的當家人。」外婆說。

「當家人，也火車脫軌？」扣扣問。

外婆怔了一下，才想起中午解釋肩關節脫臼時使用的那個比喻，忍不住笑了。外婆笑起來嘴更歪了，幾乎撞上了耳朵。

「不是的，司令是流鼻血，流了一茶缸，怎麼也止不住。」

扣扣看見過外婆給人止鼻血，用小銀針。外婆的銀針藏在一個小鋁盒裡，外婆把小鋁盒一直帶在身邊，好像滿大街都是流鼻血的人，她得時刻預備著解救他們。

「那個人，為什麼那麼凶？」扣扣問。

「因為他害怕，他不想讓別人知道他害怕。」外婆說。「誰都不想讓別人知道自己害怕。」

外婆也會害怕嗎？扣扣暗想。外婆是不是因為害怕，才把自己鎖到衣櫃裡的？

「那你為什麼喊他回來？你不喊他回來，他就不會打你了。」扣扣又問。

這個問題終於把外婆難倒了，外婆想了半天也沒想出回話來，最後才嘆了一口氣，說外婆傻，這輩子盡幹傻事，總是為好心吃苦頭。

外婆放下鹹菜罐子，掏出手絹擦乾淨了扣扣的嘴，站起來，取下掛在牆上的一個尼龍布兜——那是外婆平常去小菜場買菜時用的。外婆走到窗前，扯嚴了窗簾上的縫，把被褥底下藏的那兩件東西裝進尼龍兜裡，又在上面蓋了幾張舊報紙。

扣扣明白過來，外婆還要出門。

扣扣一下子扯住了外婆的褲腿。

「外婆要找個地方，把這東西藏起來，誰知道明天還會來什麼人。」外婆彎下腰，輕聲對扣扣說。

扣扣不說話，也不鬆手。

「外婆一輩子，只剩下這兩件東西了。外婆再把這兩件東西丟了，還怎麼活呢？」

扣扣還是不說話，只是更緊地扯住了外婆的褲腿。

「外婆去去就回。外婆永遠，永遠不會丟下扣扣。」外婆央求著扣扣。扣扣不信。外婆中午也是這樣說的，可是外婆沒有去去就回。外婆把扣一個人留在衣櫃裡，那床被子差一點成了扣扣的草木灰。外婆說什麼也沒有用，扣扣的手指像焊在外婆腿上的鐵鉤，沒有人能掰得開，除非砍斷扣扣的胳膊，或者外婆的腿。

外婆擰不過扣扣，只好牽了扣扣的手，躡手躡腳地鎖了門出屋。下樓梯的時候，外婆把尼龍兜掛在自己的脖子上，兩手半扶半舉著扣扣，讓扣扣踩在自己的腳上走路，為的是不驚動鄰居。

兩人終於小心翼翼地走到了街上。天晚了，街面上的人家都關了門。一隻野貓在貼著牆根行走，風刮過來有些冷。路燈把外婆和扣扣的身影扯得很長很瘦，一晃一晃地丟擲在石板路上。扣扣聽見外婆的肚子在嘰嘰咕咕地叫喊。

「扣扣，外婆把你鎖在衣櫃裡，你恨外婆嗎？」外婆問。

扣扣還不懂恨是什麼意思，她猜大概就是生氣的意思，生很大的氣。扣扣點了點頭。

外婆的腳步慢了下來，外婆在掏衣兜裡的手絹。

「作孽啊，作孽。」

外婆窸窸窣窣地擤著鼻子。

在我二十二歲之前，我是大上海所有好人家女兒的完美範本，這個範本在我的生活圈子裡有個名稱叫淑女。在市井之輩口中，卻有個更通俗易懂的名字，叫千金。我從小接受上海灘最昂貴最精緻的西洋教育，熟於鋼琴，略通繪畫，也可以在適當的場合亮一亮歌喉。我隨便亂塗的小文章，也能占據校刊的一個顯赫位置。我在紅十字會做義工時，還跟一個老中醫學過一陣子把脈號診。可是我既沒有成為先我而生的潘玉良、林巧稚，也沒有成為後我而生的顧聖嬰，更沒有成為與我同代的張愛玲和蘇青。不是因為我缺乏天分。每一位教授過我的老師，無一不被我超人的快捷和聰穎所震驚。別人花上十分的努力所做成的事，我通常只需要花上五六分。然而，我一生卻一事無成。正如那位對我寄予厚望又最終對我大失所望的老中醫所言，我若愚笨一些、家境貧寒一些，興許我還真能精通一門技藝。誤了我的，正是我的聰明和家境，因為我從不肯在那五六分之上付出額外的苦工。我對一切淺嘗即止，我不想深究也不屑於拚命，一切對我來說都來得那麼輕省。

他們對我的斷言有幾分道理，但也不全對，其實我並不是對所有的事情都那麼漫不經心。我在那五六分之外再也不肯使上去的力氣，會在後來的日子裡孤注一擲地投在了一件事情上。冥冥之中似乎有一位神明在指點著我的人生，讓我在二十二歲之前盡情偷懶，囤積氣力，好在以後的一生裡慢慢消耗，像冬眠的熊。我在二十二歲以後竭盡全力只做了一件事，就是愛一個男人。愛情是一場煙花，美得讓人忘了生死。只是煙花瞬間即逝，我和他的好日子，從頭到尾也不過四五年。後來他被一位資歷很深的老師遊說得動了心，起了離開上海的念頭，他們就一起去了海峽的那一邊。那陣子時局動亂，人心惶恐，船位不夠，他們先走了一步去安家，臨別時說好下一班船來接我和女兒。可是那一班船卻永遠擱了淺。

我們錯過了一班船，也就錯過了一生。

剩下的歲月，我都在清理那場煙花留下的殘局。假如我從一開始就知道收拾殘局的難處，我還會那樣奮不顧身嗎？這是個無解的問題。誰也不是上帝，不能未卜先知。縱使我預知了結局，我可能也捨不下那一場絢麗。先人的記憶一定在某個朝代出了差錯，他們漏記了一個生肖。那個被遺漏的生肖是蛾子——飛蛾撲火的那個蛾子。而我，生來就是一隻蛾子，我抵擋不了火，火也抵擋不了我。

二十二歲之前，我是淑女。二十二歲之後，我是騙子。二十二歲是一個清晰的分界線，中間沒有漸進和過渡。二十二歲之後，我一夜之間學會了用謊言騙取各種東西。先是對父母。我編織了各種謊言騙取他們錢包裡的銀子，從他們眼皮底下支取離家外出的時間。後來，我開始騙他。比如，我會用減半的方式告訴他米和牛奶的價格，用不小心丟失來解釋存在當鋪裡的首飾和大衣……

再後來，我就沒有必要費心對他們撒謊了，因為他們都離開了我的生活，各以各的方式。但我又有了一個新的哄騙對象——我的女兒。我對女兒編織的謊言，要比前面的簡單一些，我只需要杜撰我父母和他的死亡。從嚴格意義來說，我並沒有杜撰我父母的死，我只不過把他們的死提前了幾年，以便徹底抹去女兒見過他們的記憶。畢竟童年的記憶是柔軟而邊界模糊的，具有很強的可塑性，很容易在後來的日子裡被覆蓋和修補。

再後來，我的女兒也離開了我。她的女兒，也就是我的外孫女，迅速地填補了她留下的空缺，占據了我的心思意念。我編織謊言的能力，就是這樣在永不停息的需要之中不停地得到拋光和砥礪，像一只越擦越亮的皮鞋。

我的外孫女出生之時，我已經在前面三代人、三種版本的謊言之中穿梭了將近二十年。我突然意識到了自己在接近能力的極限。她出生長大的那個年代，到處都是眼睛和耳朵。每一雙眼睛都是高倍顯微鏡，看得見螞蟻身上的毛孔；每一副耳朵都是高功率的放大器，捕捉得到最細微的風吹草動。一個涉及四代人身世的謊言有無數個細節，任何一處出了紕漏，那座建立在沙子之上的大廈就會轟然倒塌。經過幾個無眠之夜，我在苦思冥想之後，最終決定用一個大謊言來取代無數個小謊言。我以和她切割血緣關係為代價，省卻了一一修改她曾外公曾外婆、外公外婆和父親母親身世的麻煩。一個枝蔓紛繁細節叢生的謊言，是經不起時間的撐扯的，隨時都有可能顯露破綻。而一個只具備一條線索的簡單謊言，無論多麼荒誕，它被戳穿的機率就降低了許多——我只需要守住一道門。

我的親外孫女就這樣在我口中變成了從路上撿回來的棄嬰。

從那條載著他的船離開、而接我的船遲遲未到時起，我就預見到了世道的巨變。於是，我頻頻地搬家，先是從一條街搬到另一條街，通常相隔甚遠，後來乾脆從一個城市搬到了另外一個城市。在時局交替的混亂夾縫裡，我小心翼翼地堅守著謊言，並把這些謊言巧妙地傳播給無可避免的鄰居。

很多年後，當我孤獨地躺在溫州市郊一家養老院的床上，看著暮色的陰影漸漸塗上牆壁，並從中間隱隱認出了死神的翅膀時，我依舊還在回憶一生中撒過的所有謊言。我的記憶力並沒有隨著年歲消逝。我相信，即使在我的肉體消亡之後，我的記憶還會飄浮在空中，執拗地尋找著一個可以落腳的新軀體。我看見我的謊言排列整齊，一個一個地從我面前走過，一次又一次地接受著它們的創造者的檢閱。

這就是我回憶往事的方式。謊言是一條繩索，結實、可靠、自給自足、永遠不需要依靠外力支撐。它們把我的人生串成一個整體，我順著它們摸索過去，就能輕而易舉地找回出發時的自己。

在我躺在床上撫摸著一個個謊言的繩結時，「基因」、「遺傳」、「突變」等詞語，早已成為了科普知識。回顧我的一生，我忍不住突發奇想：在我父親的精子和我母親的卵子產生碰撞糾纏角鬥融合的過程中，上帝是不是橫插了一手，攪亂了基因原本的順序，於是我身上就發生了某種常識無法解釋的巨大變異，我具備了一種我的祖先身上從未出現過的奇異才能？我無師自通地熟知了通往謊言的所有歧路小徑，我不僅善於編織謊言，我也精於講述謊言。我知道如何選擇詞句和語氣、掌控敘事節奏、製造必要的停頓和合宜的面部表情，使彌天大謊聽上去像一個可憐的單身女人至死不想為人所知的私密真情。

但我並沒有停滯於此，我還會走得更深更遠。我還會鑽研謊言的傳播方式——如果不能傳播，謊言便是大腦灰物質的奢侈揮霍。我會把謊言婉轉迂迴隱晦地傳播給需要傳播的人，用遲疑、顧左右而言其他等把戲來營造恰到好處的留白，讓他們自己得出關於真相，抑或是關於假象的結論——那是把謊言坐落成事實的最有效的方法。

從二十二歲那年我由於拐錯了一個走廊而在病房裡撞上了我命中的剋星之後，我就開始撒謊，一路撒到我看見了死神的翅膀。使用一個今天的時髦用語，我最初的謊言僅僅是出於「剛需」——我必須用謊言來引路，在黑不見底的隧道中找到一絲縫隙，並從中穿出。雖幾經大難，所幸都不致命，我活過了一切亂世。

到後來，世道太平了，謊言從剛需變為軟需，但撒謊卻已經成為了我的習慣。我會為一件小事，毫無必要卻面不改色地說假話。比方說，我告訴養老院的鄰居，我新買的那件輕便式羽絨服，是我外孫女從義大利寄過來的新年禮物。其實，那件衣服是我的一個朋友從一家比地攤略強一點的小店裡掏來的。我那垂老但依舊與眾不同的氣質，使得我依舊還有底氣把一件街貨顫顫巍巍地舉到舶來品的位置。

嚴格地說，這個謊言也不是完全沒有必要的，前半部分勉強算得上是剛需，因為我必須跟我的鄰居坐實我那個只聞電話聲卻不見其人的外孫女的存在。而後邊的那個部分卻完全是出於撒謊的習性。我的外孫女明明住在法國，而不是義大利。把法國搬到義大利，那純粹是一時興起。其實「一時興起」也是謊言，因為對我來說這樣的事情已經發生過一千零一次，早已不再是「一時」。在年復一年日復一日的謊言中，我驚訝地發現：我說真話時有些無所適從的彆扭。我是說，我說真話時反而聽起來更像是撒謊。

謊言一旦成熟並從我的口中脫落之後，我就完完全全地相信了它。我用迷信真相一樣的虔誠態度，來對待我精心製作的謊言。其實謊言之所以被別人揭穿的最根本原因，是因為撒謊者對自己的話缺乏自信。我們嚴重高估了人們對於謊言的質疑能力，其實人們遠比我們想像的輕信。謊言不需要重複一千次才可以成為真理，有時一次就夠了，只要具備嚴密的邏輯、飽實的細節和合宜的傳播方式。

我扯遠了，我還是趁著腦子還靈光，把話拉回來，說一說我的女兒吧。

我女兒叫小抗，她出生在日本天皇頒布終戰詔書的那一天。在那一兩年裡出生的嬰兒，很多取名「抗」或者「勝」，我並不擔心她的名字會暴露她的身世。在她的父親登上那條沒有歸期的輪船時，小抗還不到四歲。而當我再一次得到他的信息，則是半個世紀之後的事了——那是後話。

我帶著女兒搬去杭州，又在杭州城裡搬了幾次家。經過這幾次搬遷之後，我成功地抹去了有關他的一切蹤跡。等到我們最終在杭州城南一間破舊的小平房裡住下並登記了戶籍時，我是一個名叫李玉平的窮寡婦，帶著一個名叫李小抗的獨生女。小抗姓的是我的姓。當然，我的姓也不真的是我的姓，我早已不再是那個吳門千金。幸虧我的父母都已在幾年前相繼去世，我也已經割斷了以往所有的社會關係。

其實，在我不明不白地搬進那個貧困潦倒的畫家的閣樓時，我就已經疏遠了所有的同學朋友。我需要徹底斬斷的，只不過是那些黏連在刀刃和切口上的細絲。我換了名字換了服飾換了髮型，不參加任何社會活動，也不在任何人多的場合走動，我成了一個游移於時新和進步之外的自由粒子。

我沒有工作，靠給人織補衣裳、糊火柴盒子為生。外頭的世界正在經歷風起雲湧翻天覆地的變革，衝在浪尖上的人很多，而我不過是浪花濺不到的一粒泥塵。在那個篩孔非常細密的年代裡，沒有人能真正經得起盤查，只是我的姿勢太卑微低賤了，勾不住任何人的目光，於是我和小抗總算安定了下來。

當時我還沒有想到我的周密計畫裡存在著一個潛在的後果：我把我的來

路覆蓋得太嚴實了，以至於多年之後，那個坐船離去的人終於歸來時，他已經無法在那條面目全非的路徑上，找到一個隱約熟悉、可以下腳的路口。

可當時我卻顧不上。母狼在護犢的時候，想到的只是獵人，而不是公狼。在亂世裡，所有的母親都是狼。

在杭州的最初幾年裡，我活得心神惶亂，對什麼事情都沒有一個長遠打算。我和小抗的日子是建立在一個彌天大謊上的，我白天黑夜都擔心謊言長鏈上的某一個薄弱環節，會在時間的撐扯之下，現出破綻。每天我都會把謊言在腦子裡從頭到尾仔細地過上一遍，像放電影，然後用各種各樣的自問和自答，來熨平每一條形跡可疑的皺褶。有一天，小抗和美術興趣班的同學野外寫生歸來，她沒進屋找我，而是躲在灶披間的牆角，抽抽噎噎地哭了起來，聲音裡充滿了恐懼和羞恥。我聞聲走過去，看到了她格子裙後邊的血跡，才恍然大悟：她長大了，在我的眼皮底下，我已心不在焉地錯過了她的童年。

小抗的怪異舉止，其實早在出事之前就開始了，星星點點，零零散散的。那些斑駁的碎片，卻是在她身後，才一塊一塊地在我的腦子裡聚成一張完整清晰的圖片。當然，已為時已晚。

小抗自小喜歡畫畫，後來考上了少藝校的美術班，離家遠，就在學校住宿。週末回到家來，並不怎麼看書做功課，卻總抱著素描本不放，畫廚房裡的蔬菜瓜果，畫窗外的街景，也畫我。剛開始的時候，她很愛講學校的事，講老師，講同學，講繪畫課裡發生的事。她說她的寫生課成績考了全班第一，老師說在女孩子中間，很少能看到她那樣好的透視素描眼力，那是天分，將來篤定考得上美術學院。

後來她的話就漸漸少了，只是常常照鏡子，對著鏡子微笑，臉蛋紅紅的，眼睛裡閃著亮。週日晚上上床睡覺時，她會用鋸成小段的竹竿捲著頭髮，第二天一大早坐公共汽車回校的時候，她的額上會出現一簾蓬鬆捲曲的瀏海。我看著她背著書包畫夾趕公共汽車的背影，總覺得她的鞋底沾著兩片彈簧。

有一個週日我買菜回來，發現她坐在床上，背著身子，正在看一樣東西。她太聚精會神了，竟沒聽見我的推門聲。她猝不及防地看見了我，一慌，手裡的東西就掉在了地上。我撿起來，是一張照片，是老師帶著一群學生外出寫生的集體照。我就沒在意。

我沒在意的事情遠不止這一件。

小抗開始問我要零花錢。不多，三毛五毛的，但斷斷續續，一直沒有停過。學校根據家裡的收入情況，給了小抗一份助學金，並免了學雜費。小抗知道家裡的境況，以前從沒問我要過零花。我有些驚愕，問她要錢做什麼，她的回答每次都不同，倒也合乎情理：買顏料，買紙，買速寫本子，付郊遊的午餐費，湊份子給參軍的同學買禮物……每一次看見我猶豫，她總會怯怯地加上一個尾巴：「如果不行，我就省一省伙食。」我聽了這樣的話後，就會立刻打開我那個已經被硬幣磨出洞眼的小錢包。天底下所有的兒女在還沒學會說話時，就已經準確無誤地摸到了父母的軟肋。我如此，我女兒如此，我女兒的女兒依舊如此。那是天道，我們總是在事後看清實情。

後來她就不再每一個週末回家了。她不回家的理由是：學校春遊、去郊區參觀人民公社、去探望生病的同學、排練國慶節目……她說這些話的時候，眼睛直視著我，面色安寧自然，完全不像在撒謊。這些謊言之所以聽起來很真，是因為它們已經在長久仔細地研製過程中磨平了所有的瑕疵。一直到她走後，我才意識到：我當年對我父母撒下的每一個謊，都在我女兒身上得到了報應。精明的是我，愚鈍的也是我，我年輕時的歷練非但沒有讓我警醒，反而成了我的盲點。

在她出事前的那個秋天，又一次她回到家來，我發現她面容憔悴，眼圈發青，臉頰上浮現著隱隱的雀斑，眸子卻依舊晶瑩閃亮。她那天沒胃口，只喝了半碗冬瓜湯，就吐了。小抗是個早產兒，體質從小就弱，體重比同齡的女孩子都輕，腸胃時常犯病，一口東西不順，就會嘔吐拉稀。那陣子她們學校一直在組織學生下鄉，給人民公社寫標語畫壁畫設計宣傳板報。我以為她受了勞累，那天她出門時，我掏了兩塊錢給她，讓她在學校食堂買點葷菜補充營養——這是我一次性給過她的最大票額。她猶豫了一下，最終還是收了。我至今還記得她把那兩張一元紙幣小心翼翼地折疊起來放進鉛筆盒時的神情。那天她的腦子裡應該有兩隊人馬在開戰，一隊是母親，一隊是愛情。世上所有的戰爭都有輸有贏，結局很難未卜先知，唯獨這類戰爭尚未開場就已定勝負，敗下陣來的，必定是母親。

小抗並沒有用這個錢來改善伙食。

我給小抗的每一筆錢，她都沒有用在她說的那些事上。

其實她的學校提供了所有的繪畫材料，她不需要自己花錢購買。她把那些從她和我的牙縫裡擠出來的錢，用在了一個我根本沒想到的用途上。她死後，我在她的書包裡發現了一個蓋著百貨公司印戳的紙包，裡邊包著一條暗紅色的線織圍巾。圍巾裡塞著一張紙條，上面是小抗工工整整的字跡：「**送給你，天冷了。**」

就在她出事的前一個星期，她在學校趕作業，正趕上變天，起了大風。我想起來她還沒有帶上厚冬衣，就從箱子裡拿出舊年給她縫的棉襖，用竹耙打鬆了，給她送到了學校。我逼她當著我的面換上，當時我只依稀覺得她扣鈕子的時候有些吃力。

這個年紀的孩子，正長身體呢。下回再縫棉襖，要再寬鬆個兩三吋。回家的路上，我對自己說。

就這樣，我，一個曾經精通謊言之道的女兒，一個從來眼觀六路的母親，一個略懂醫術的半拉子醫生，竟然對所有昭彰的跡象視而不見，眼睜睜地看著自己的女兒一步一步走向了那個萬劫不復的深淵。

我最後見她的那天，是個週末。她原先說好了不回家，後來想起把一幅素描稿落在家了，就臨時決定回來取。至今回想起來，我總覺得冥冥之中她是知道那天是她的大限的，所以她會巴巴地趕回來，死在我的懷中。她沒能給我送終，但我至少給她送了終，她不至於一個人在驚恐中孤孤單單地上路。

那天她到家時已經是週日的中午了，我不知道她會回來，所以沒留她的飯。我捅開火燒了一碗西紅柿[4]蛋湯，泡了點剩飯讓她將就著吃了。她吃完了，說想睡幾分鐘。她從來沒有午睡的習慣，我猜想她真是乏了，就關上門，讓她一人睡在床上，自己坐在門外織一件剛開圈的毛衣。我織的毛衣針腳均勻，花樣時新，而且手腳利索，假如沒有別的事拖延，三四天就能完工。漸漸地，在弄堂裡就出了名，隔一陣子就有人送上活來。大人一件兩塊錢手工，小毛頭一塊五，倒比糊火柴盒來錢。

那天真是個好天，沒有一絲風，樹木猶如招貼畫上的景致似的一動不動，雀子飛來飛去很是鬧騰。陽光從窗戶裡透進來，正正地落在我臉上，晒得我渾身酥癢，眼皮發黏。那天我感覺像個舒服得隨時可以去死的老太婆，儘管我還不到四十歲。

後來我被一陣呻吟聲驚醒，迷迷糊糊地睜開眼睛，細細一聽，那聲響來自屋裡。我扔下毛衣，推開房門，只覺得眼前唰地蒙上了一層厚厚的雲。過了一小會兒，那雲終於散了，我看清了床上的血。不，那不像是血，倒像是混了太多朱紅顏料的水。那水已經潤透了被子，正順著被角滴滴答答地往地上流。

我的腿腳一軟，怎麼也使不上勁。我半滾半爬地扯過一條毛巾，想去堵，卻找不著傷口——我這才發覺那血是從兩腿之間流出來的。

我是怎麼把小抗送到醫院的，我已經完全想不起來了。我只隱隱記得坐在急救室外邊的長凳上，身子簌簌發抖，手裡捏著一團自己的衣襟，感覺指間的布正從溫潤漸漸變涼，最後結成一個硬坨——那是小抗黏在我身上的血。

我也不記得我在外邊坐了多久，等醫生最終把我叫進病房的時候，窗外的天色已經轉黑。

「子宮畸形……」

「你不知道她懷孕？……」

「早來做檢查，也不至於……」

「失血過多，怕是……」

那天醫生說的話，像一群繞著我飛來飛去的蜜蜂，嚶嚶嗡嗡。那聲音沒有邊界，相互混淆，難以分辨。我只知道有一根刺扎進了我腦子，很深，很疼。

那根刺是：「晚了。」

我走進屋，看見小抗全身都蓋在一床洗得混了色的白被子裡，只露出一張尖瘦的臉。她聽見我的聲音，睜開雙眼，面頰上泛起兩團濕潤的桃紅。那一刻小抗的樣子看上去就像是從睡夢中剛剛醒來，迷糊，慵懶，卻養過了精神。儘管我知道那是輸血之後的反應，我依舊心懷希望——我希望那天碰上的是一個不知道自己在說什麼的庸醫。

沒有人能夠奪走一個母親的希望，即使死神已經站在緊跟前，母親也總是拒絕辨認。

「小抗，媽在，你能好。」我從被子底下找到了她的手。她的指頭在我的手掌裡彈動了一下，卻又停住了。她沒有力氣。

她轉不動臉，她能轉得動的，只是眼睛。她的目光從我的臉上挪移開來，在屋子裡轉了一個圈，最後落在了護士臉上。護士見過了太多的病人，她熟悉這樣的表情，她一下子就懂了。護士轉身出去，一會兒回來時，臂彎上多了一個布包。

布包裡是一團褐色的肉。我說它是肉，僅僅是因為我一時找不到任何別的詞來形容它。它很小，小的像一隻瘦弱的兔子，或者說，一頭肥大的老鼠，手掌般大小的面龐上有很多條皺紋。那些皺紋在不動的時候，更像是雕刻家手下的刀痕。護士把布包送到小抗面前，小抗的眼睛倏地睜大了。那肉團大概覺出了光亮和熱度，臉突然裂開，露出兩條細細的縫——是眼睛。

它哭了。

哭是我的猜測，實際上它既沒有聲響，也沒有淚水，但它臉上的那些刀痕激烈地走動起來，像沸水裡的麵條，嘴巴張成一個黑色的洞。

「你有什麼話，趕緊，跟你媽說。」護士俯下身子，對小抗說。

護士明白，小抗也明白。護士的明白來自經驗，小抗的明白來自感悟。而我，卻是三人中間唯一糊塗的。我拒絕明白，因為明白意味著撒手。我情願糊塗，我實在是，不情願撒手。

小抗的手指在我的手心掙動了一下，我突然醒悟過來，她要我去抱那個布包。我猶豫了片刻，我只是感覺陌生。

不，陌生是一種委婉說法，其實我對它充滿了憎恨。它是老天爺突兀地橫插在我和小抗中間的一條鴻溝，它來了，要把我和小抗永遠隔絕在兩頭。

我厭惡地偏過了頭。

這時，我覺出了隱隱的疼痛——是小抗的指甲在掐我掌心的肉。我發覺小抗的臉色正在漸漸黯淡下去，彷彿血已經找到了另外一條出路，我知道她已經用盡了最後一絲力氣。

我從護士手裡接過了那個布包。

「小抗，有我。」我聽見自己喃喃地說。

那是一句不由自主的話，也許經過了腦子，但肯定沒經過心。

「這丫頭，活不活得下去，就得看造化了。」護士悄悄對我說。

「告訴我，那人是誰？」我問。

小抗的呼吸急促了起來，彷彿喉嚨裡堵著一口濃痰，她沒有力氣把它吐出來，或者咽回去。

「來不及了……」護士嘆了一口氣。

小抗的嘴唇翕動了幾下，卻沒有聲音。

我把耳朵貼過去，她在喘息的間隙裡，費力地吐出了幾個字。

「崔……我愛……」

這是小抗留下的最後一句話。

兩個月後，我抱著這個孩子去了小抗生前就讀的少藝校。學校正在放寒假，學生大多已經回家過年，留在宿舍區的人不多。我特意挑了晚飯後的時間，為的是躲人眼目。

前一天剛下過一場雪，積雪未化，在地上結了薄薄一層冰，路燈照上去，像一片鋪滿灰土的水泥地。風吹到臉上，尖牙利齒地啃著肉，我的額頭卻在冒汗。路滑，眼睛靠不住，我得小心翼翼地挑著腳下的路，每一步都費心費力。

扣扣不冷。扣扣不可能冷。扣扣穿著厚毛衣，毛衣外邊是一件配著同樣花色的帽子的棉襖。從裡到外，這一套都是新的。在毛衣和棉襖之外，還包著一床小被子，也是新的。那天的扣扣像一只嚴嚴實實地裹在竹葉裡的粽子。

扣扣睡得很沉，呼吸嗞嗞地在我的胸脯上鑽著一個個熱呼呼的小孔。她的臉色依舊是棕褐色的，只有鼻尖上浮著一塊小小的粉紅。額頭上那些刀痕一樣的皺紋不見了，它們是在前幾天的一個下午突兀地消失的。我的醫學和生活常識告訴我：那些皺紋絕對不可能在一刻之間消失——那應該是個漸進的過程。可是我的記憶並不認同常識，記憶有自己的路數。我明明記得：在飽飽地餵她吃過一碗摻著煉乳的米湯之後，她迷迷糊糊地睡著了。等她再醒過來時，她看上去平滑得像一枚新剝出來的雞蛋。

那天是正月初九，街上還東一下西一下地響著零零散散的鞭炮聲。不知哪家樓臺上的一個瓶子被風刮掉了，咣啷一聲巨響，在我的腳下炸成無數個碎片。扣扣吃了一驚，倏地睜開眼睛，嘴一癟，想哭，卻沒有哭出聲。我很熟悉那樣的表情。從我把她抱回家的第一天起，她就很少哭。她太安靜了，有時我會忍不住伸手過去探她的鼻息，看看她是否還有氣。她似乎一直在用超常的靜默來為自己不合時宜的出世道歉。興許冥冥之中，她已經知道我要把她送走，她活得戰戰兢兢。她把自己的縮了又縮，縮成一粒粉塵，指望著我能夠承受一粒粉塵帶來的不便，而把她留在身邊。

扣扣醒過來，望了我一眼。不，我應該說，瞪了我一眼。那是一種我從未見過的眼神，很尖，很深，是忍到了底的哀怨。一個四十歲的成年人被一個兩個月大的嬰兒看得無地自容。扣扣的目光剜得我的心抽了一抽，那疼跟平素的疼不一樣，那疼有個名字叫愧疚。

不捨是在那一刻裡生出來的。

其實我明白，不捨是不可能在一刻之間形成的。不捨是在平素最尋常最瑣碎的事情上慢慢長出了根鬚的，比如當我餵她第一勺米湯，她一口吮住了我的手指時；比如當我為她一針一針地織著她人生的第一件毛衣時；再比如當我用「扣扣」兩個字呼喚她，她第一次扭過臉來回應我的時候……可是那天我的腦子固執得像花崗岩，我堅定地認為不捨是從扣扣剜我的那一眼裡冷不丁冒出來的，是一株無根的苗。

扣扣是我給她隨意起的小名，我只是把它當作一個暫時的過渡，就像我們隨意叫一頭街貓「咪咪」，一條野狗「汪汪」一樣。無論我怎樣捨不得，我心底裡明白，扣扣不屬於我，她只是在回到她該去的地方之前由我暫時保管而已。她永久的歸宿在那個姓崔的美術老師家裡，他才擁有她的命名權、撫養權，以及從這些權利中衍生出來的數不勝數的其他權利，比方說感受她的呼吸在他胸脯上鑽出溫軟洞眼的權利、剪她第一次胎毛，並把碎髮保存在餅乾盒子裡的權利、給她縫製人生第一個書包的權利、教她寫下自己名字的權利，等等等等。我至今沒有給她上戶口，只是為了能把她盡可能完整地保留在出生時的樣子，然後把她交給她的生身父親。

我早已打聽到了他住在校外的一棟教工宿舍裡，一樓左側第二個單元。這個地點讓我略微鬆了一口氣，因為我至少可以繞過傳達室繁瑣的盤查和登記過程。我有九十九個理由大肆聲張，可是我不想這樣做。我不是潑婦，他也不是流氓。我相信小抗的眼力。小抗是從我的肚子裡出來的，帶著我的精神氣血，她和我一樣，都屬飛蛾，讓我們奮不顧身的，只能是火，而不能是淤泥。我和他都有不想張揚的祕密，正應了一句歇後語，是「秸稈打狼——兩頭都怕」。

即使我不知道他的詳細地址，我也能在這座小樓的所有房間中一眼找出屬於他的那一間，那是因為他門上貼的那幅年畫，假若那也可以被稱為年畫的話。這座樓裡大部分人家的門上都貼著顏色新鮮的窗花春聯，他家也有，卻和別家不同。他家貼的，是一張西洋畫，是皚皚白雪覆蓋之下的田野樹木和農莊，是新華書店批量印製的、一毛錢一張的印刷品。

扣扣又睡了過去。扣扣很好哄，輕拍幾下就會入睡。我很少抱她，也很少哄她，我不想讓她習慣我的懷抱。其實是我不想讓自己習慣她在我懷抱裡的重量和溫度，我害怕她走後留下的空洞。她的生命剛剛開始，柔軟如海綿，能很快填上生活留給她的缺口。而我卻是一塊硬木，我已經沒有伸縮的餘地。我無法充填生活留給我的缺口，我唯一能做的只能是預防。

我抱著沉沉睡去的扣扣，站到了這個男人的門口。

那是一棟破舊的二層樓房。確切地說，是平房改建加蓋成的二層樓房。二樓沒有問過一樓的意思，就把自己蠻橫地騎在了一樓的肩上，兩層樓之間那條懶得粉飾的銜接線，昭彰地宣告了它們的不同年齡和身世。

崔家的窗口不知何故比旁邊的幾家都略小一些，一條看不出顏色的窗簾半開半掩，露出一片裸玻璃。我的眼睛順著窗簾的裂口，看到了一角屋裡的情景。

屋裡的擺設很簡單，只有一張長方形的飯桌和三張木凳。床肯定是有的，只是我看不見，我猜測它藏在窗簾遮擋住的某個角落。我用了「飯桌」這個詞，是因為我看見了桌子的最外邊蓋著一個竹罩子。每一戶江南人家都有一個這樣的罩子，看見它你就會立刻聯想起剩飯剩菜，而絕不會產生任何歧義。但這個竹罩子只占據了桌子的一個角，桌子另外的一半堆滿了書本、紙卷、顏料和筆筒。在文具和竹罩子的中間，趴著一個七、八歲的小姑娘。小姑娘正在寫作業，眼睛近近地貼在本子上，兩隻胳膊肘小心翼翼地縮在竹罩和紙卷之間的狹小空間裡。小姑娘的鼻尖通紅，喉嚨裡時不時發出一些像咳嗽又像是喘息的聲響。

不遠處的地上蹲著一個女人，正在一個木盆裡搓衣服。女人背著身子，我看不清她的臉，只是覺得她瘦，棉襖底下似乎能看得出肩胛骨，肩膀正隨著兩隻手臂的動作一高一低地顫動。

「崔建國，你給我拿塊新肥皂出來。」女人抬起一隻胳膊擦了擦濺到頭髮上的肥皂泡，對著屋裡喊道。

女人喊話的時候沒有看人，女人的聲音似乎沒有方向也沒有目標。那聲連名帶姓的呼喚聽起來有點怪異。這個本該是大人責罵悖逆的孩子、老師訓斥犯了錯的學生時使用的稱呼方式，在這裡非但不具備威嚴和疏隔，反而隱含了一絲狎昵。

我看不見那個叫崔建國的男人，只聽見他含含糊糊地回了一句話。我沒聽清，但是女人聽清了。

「放毛巾的那個抽屜裡，靠右。你天天住在這裡還不知道，我兩週來一次倒比你清楚，什麼人吶？」女人說。

女人的話像是一塊雙層米糕，上面一層，下面一層。上面一層的裡，是下面一層的面，兩層相互交纏，各有各的味。上面一層聽起來是嘮叨，是抱怨，而底下一層把嘮叨和抱怨劫持了，拐上了另一條道，變成了撒嬌，甚至有那麼微微一丁點兒，撩撥。

男人終於走進了窗簾給窗戶留出的那個缺口。男人偏著身子，我看見的是一個筆直高䠷線條分明的側影，像剪紙。他穿著一件灰布中式棉襖，轉過身來時，我發現他的前襟半敞著，露出裡頭一件藏藍色的雞心領毛衣，毛衣領子裡是一件白色的襯衫。我一下子想起了從小抗書包裡發現的那條紅圍巾。小抗的圍巾一定是比著這條藍毛衣買的，在挑選的時候，小抗的腦子裡就已經有了一幅紅白藍三色的水粉畫底稿。

男人把一個長條紙包遞給女人，女人接過來，撕了包裝紙，就要掰裡頭那兩塊連在一起的肥皂。女人試了幾下沒掰斷，就拿著皂條在木盆的邊緣上狠狠地磕了一下。肥皂從中間斷開了，女人把一塊擱在皂盒裡，另一塊遞回給男人。

男人從地上撿起那張包裝紙，疊成一個四方形，重新把剩下的那塊肥皂包好。男人包肥皂像在包一件精美昂貴的禮物，每個角都方正挺括。終於包好了，又遞回給女人。

「你帶走吧，我一個人，用不了這麼多肥皂。」男人說。

女人這才抬頭，瞟了男人一眼。

「你的衣服怎麼總是白白淨淨的？還用不了呢，我看是不夠。」

男人低頭看了一下自己身上的衣服，彷彿在找油跡，或者汙垢。男人沒找到，就嘿嘿地笑了，有些自得，也有些羞澀。

趴在桌上做作業的小女孩抬起頭來，看了男人一眼，又看了女人一眼。

「媽媽，爸爸不乾淨，爸爸的領子上有油味，我都聞到了。」

女人和男人同時笑了起來。男人走過來，用手裡的紙包輕輕地敲了一下女孩的頭。

「你一隻小毛頭知道個啥？好好寫作業。」

女孩把頭又埋進了作業裡，鼻子緊緊貼著本子，像是在聞字。

男人看著女孩寫了會兒字，突然問：「小雨，這個月老師讓畫了什麼畫？拿出來讓爸爸瞧瞧。」

女孩跳下桌子，去搆掛在牆上的一只書包。女孩在書包裡掏出一個本子，交給男人。男人的兩隻手圍成了一個圈，把女孩圍進了圈裡。女孩從圈裡掙出兩隻胳膊，幫著男人一頁一頁地翻看著那個本子。女孩一頁一頁地解說著，男人沒說話，只是用下頷輕輕地摩擦著女孩的頭。女孩癢了，便忍不住把身子扭來扭去。

我本想去敲門的，那一刻，我伸在半空的手卻凝固了，勾成菱角的指頭變成了幾個僵硬的鐵環。

過了一會兒，我才把手縮回到懷裡。我從懷裡掏出那條小抗留在書包裡的圍巾，繫在門把手上，就轉身走了。

走到街角了，我回過頭來，依舊看見那個紅色結子和底下的碎鬚，在風中抖呀抖。

多少年之後，回想起那一刻，我依舊感謝上蒼，叫我從那個窗簾留出的缺口裡，看見了那樣的一幕。那天我什麼都看見了，唯獨沒有看見小抗。小抗也許存在過，在那個男人的心裡。小抗這樣的女子，一定是把大砍刀，能把那個男人的生活砍出一個深淵一樣的傷口。可是小抗的刀再狠，也狠不過生活這條河流。刀痕在小抗的身後嚴絲合縫地合攏了，水照樣朝前流，日子照樣向前走，小抗來過了，卻又似乎從來不曾來過，這個世界。

扣扣在我懷裡輕輕震顫了一下，彷彿做了個夢。她從被包裡掙出手來，在空氣中抓撈著什麼。可是她默不作聲，她生來和聲音有著不解之仇。

不，小抗有扣扣。

扣扣是小抗在這個世界上來過一遭的鐵證，沒有人抹得去這樣的痕跡。扣扣是小抗留給我的話，我聽見小抗對我說：「媽，我的刀狠過了命運的河流。」

那天我回到家，就開始考慮如何找管道和人對換戶口，換到一個比杭州小的城市。從省會換到小地方，應該相對容易。

我要給扣扣一個新的開始。

一個從石頭縫裡蹦出來的乾乾淨淨的開始。

扣扣讀一年級的時候坐第一排。

扣扣讀二年級的時候坐第一排。

扣扣讀三年級的時候依舊還坐第一排。

一年級的時候，扣扣排隊上體育課，在同學中是小矮個。

二年級的時候，扣扣排隊上體育課，在同學中是小小矮個。

三年級的時候，扣扣排隊上體育課，在同學中間是侏儒。

一年級的時候，扣扣是同學中間的公開笑話。除了老師，沒有人會叫她李蔻——那是她戶口本和校符上的名字，所有的人叫她「矮蹲兒」，當面，或者背後。

到了二年級，過了一個暑假回到學校，所有的人都躥高了一個頭，扣扣的個子依舊沒多大變化。同學還是叫她「矮蹲兒」，不過，大多是在背後，因為已經沒有幾個人願意和她搭話了。

到了三年級，又過了一個暑假回到學校，所有的人又都躥高了一個頭，扣扣依舊還是老樣子。再沒有人叫她「矮蹲兒」了，即使是背後。她已經被談論得太久，她已不再是話題。偶爾說起來，大家會用「那個人」來稱呼她，心照不宣，不約而同。說到她的時候，大家眼神裡會閃過一絲隱隱的厭惡，彷彿她是一塊被人吐了一口痰的抹布，多看一眼就要嘔吐。

扣扣對一切置若罔聞，扣扣完全習慣了獨處。在那個擠著五十多個學生的窄小教室裡，她的座位就是她的城堡，她有自己的一扇門。假若有人偶然間闖進她的城堡和她說話，她反而會驚嚇得打一哆嗦。

外婆那半吊子醫學知識，遠遠不夠解開扣扣身高的謎底，於是外婆帶著扣扣看遍了城裡所有的醫院，所有的兒科醫生。一切正常，心肺、肝脾、胃腸、腎臟、膀胱，甚至盲腸。所有的醫生似乎都事先串通好了，說的話幾乎一字不差，都是「增加營養」。他們給外婆開的處方，無一例外是一張免除計畫票的豬肝供應單。

每一次離開醫院，外婆的心裡都充滿了失望。假如可以用顏色來描繪外婆的心情，外婆已經從淡青進入了深灰，再往前一步就是暗無天日的漆黑。扣扣的年齡在一天一天增長，扣扣身量和年齡之間的差距，在一天一天地拉大。龜兔賽跑的故事，外婆雖然多次講給扣扣聽過，但外婆並不全信。外婆信的只是開頭，而不是結尾。外婆知道烏龜趕不趕得上兔子，不僅要看兔子有多懶，還得看烏龜落得有多遠。

醫生千篇一律的建議，已在外婆的耳膜上磨出了繭子。不需要醫生的提醒，外婆早已經在瘋狂地給扣扣加餐。扣扣每天上學之前吃的那碗泡飯裡，都渥著一個荷包蛋；扣扣每天放學回家，桌子上已經擺好了一杯用開水沖開的煉乳；每隔半個月，外婆就要去一趟鄉下，到農民那裡買一隻老母雞，剁成塊熬雞湯。雞肉吃了，湯還可以用來拌飯。

扣扣對外婆塞給她的食物表情漠然，既沒有明顯的歡迎，也沒有明顯的抗拒，但吃起來卻有幾分勉強。落在扣扣嘴裡的彷彿是一串橡皮筋，咬啊咬啊怎麼也咬不斷，喉嚨費勁地蠕動著，腦門上槓起青筋。扣扣總是吃一些，剩一些，剩在碗裡的和落在肚子裡的數量大致相等。外婆實在看不下去，就把分量減了些許，可是淺了之後的碗裡，依舊還會剩下一半食物。外婆終於明白了，扣扣的計量單位不是斤，不是兩，也不是克，而是「一半」，所以外婆又把分量加了回去。外婆起先以為是味道寡淡，就拚命加糖、加鹽、加麻油、加料酒，甚至加胡椒，外婆窮盡了家裡所有的計畫供應票，也沒能讓扣扣多吃上一口。

有一天傍晚，外婆坐在窗前織毛衣，扣扣趴在桌子上做功課，外婆半天沒聽見聲響，就抬頭看了扣扣一眼。原來扣扣沒在寫作業，而是兩手托著腮幫，怔怔地盯著窗外出神。窗外是一棵落完了葉子的梧桐，光禿禿的什麼也沒有。那一刻外婆突然產生了一種錯覺，覺得扣扣的臉上也是什麼都沒有，只剩了兩隻眼睛，兩隻巨大幽黑、深不見底的眼睛。外婆走過去，發現扣扣的作業本上畫了一個人頭，一個沒有五官只有臉部輪廓的人頭。吸引了外婆目光的是喉嚨。喉嚨兩頭都很細，只有中間鼓出一個碩大無比的包，彷彿是吞食了大象的蛇身。

那個晚上，外婆睡不著，翻來覆去地想著扣扣畫的那個人頭。那喉嚨裡噎著的包，是扣扣吞不下去的食物麼？自己是不是，把扣扣逼得太狠？外婆暗想。

會不會是，扣扣這些年一直忍著的、沒說出來的話？

外婆被自己的想法嚇了一跳，幾乎從床上彈了起來。

第二天，外婆和學校請了假，帶著扣扣去了城裡最大的第一人民醫院。外婆打聽到醫院新近來了一位醫生，是兒科高手，早年留過洋，因為犯了錯誤，才從上海華山醫院貶到了小城。「貶」是外婆自己的說法。外婆好多年不在社會上走動了，外婆的詞彙趕不上趟了。外婆不知道這個過去叫「貶職」的詞，現在叫「下放」。

犯了錯誤的醫生看起病來格外認真，翻過了所有的檢驗報告，又仔仔細細地檢查過扣扣的身體。醫生的嘴唇抖動了一下，卻欲言又止。外婆的心提到了喉嚨口。外婆看出了這張臉上的表情，和別的醫生有些不同。外婆覺得這張嘴裡一定含著一把開門的鑰匙。

外婆等了很久很久，世上所有的沙漏和鐘錶都停了，陪著外婆一起等。

醫生終於開口了。

「正常……營養……鍛鍊……睡眠……」

沒有新說頭，還是前面醫生說過多遍的老話。

外婆的腦子嗡地響了起來。

「正常」是扣扣的判決書。蓋上了「正常」這枚朱紅大印，扣扣就判了無期徒刑，她一輩子都將是無可救藥的侏儒。

這位從上海貶到溫州的醫生是外婆的最後一根稻草，外婆在上面壓上了全身的重量。稻草斷了，外婆墜到了谷底。外婆爬不上去了，外婆再也沒有力氣。

那天外婆領著扣扣走出醫院，突然認不得路了，外婆的眼睛和腦子一片空白。外婆隱隱聽見頭皮在發出哧哧的聲響，要等到第二天早上梳頭的時候，外婆才會明白：那是她的白頭髮在一根根地往外鑽。

外婆拖著扣扣茫然地走到街角拐彎的地方，突然覺得袖子被人拽了一下，回頭一看，是那位上海來的醫生。

「我想問，問一問，這孩子小，小時候，受過什麼驚嚇，沒有？」醫生跑了幾步路，跑得氣喘吁吁。

外婆一怔。看過了這麼多醫生，卻從來沒有一個人問過她這個問題。

「剛才旁邊有人，我不方便，問你。」醫生解釋說。

醫生的話在外婆的腦子裡捅了一下，塵土飛揚起來，又漸漸落定，外婆隱隱看見了一條路，一條從前沒發現的新路。

「我年輕的時候，專門學過，兒童心理學，在美國。」醫生警覺地看了看四周，小聲說。

外婆猶豫了。

若是沿著醫生指的這條路走下去，興許能見到光亮，可是中間有無數個陷阱——那是她自己用謊言挖掘的。她走得再小心，也很難繞得開去。她只要一開口，邁出這第一步，就有可能掉入陷阱，那就是死。她要是不開口，等在原地不動，她興許不死，可扣扣得死，是那種慢慢的死法。

她死了，扣扣活不成。扣扣死了，她也活不成。走是死，等也是死，唯一的區別是誰先死，怎麼死。

反正都是死，不如痛痛快快地死。

外婆想定了，就從兜裡掏出了一張紙，交給醫生。

是扣扣畫的那個人頭。

扣扣上小學一年級的時候，外婆又搬了一次家，從橋兒頭搬到了九山。扣扣三年級下半學期的時候，外婆再搬了一次家，這次，她們搬到了荷花里。荷花里在城南，是小城的邊界，再走幾步就是農田了。扣扣問外婆為什麼總是搬得那麼遠？外婆說這裡人少清靜。外婆每一次搬家都是為了同一個原因，儘管扣扣從來沒見家裡來過客人。

星期天下午，外婆說肚子鼓脹，要拉著扣扣出去走一走。扣扣有些吃驚：除了買菜和去醫院，外婆不太出門。外婆即使出門，也極少帶上扣扣。

如果把外婆和扣扣住過的地方在溫州城的地圖上標識出來，再用幾條線相互串聯，大致也是一張疏疏的蜘蛛網。隨外婆住過這麼多地方的扣扣，依舊不認識這座城市。在學校裡，扣扣不參加任何集體外出活動，比如春遊、學農、六一和國慶遊行——外婆已經和老師達成了協定。扣扣的身高，也就是說，扣扣的病，是一樁不辯自明的道理，外婆幾乎不費唇舌。

當然，外婆也沒問過扣扣的意思。

扣扣對這個城市唯一的知識，來自從家到學校的那條路。扣扣上過兩所學校，兩所學校都離家很近。比如說九山的那個住處，從家到學校是三百五十六到三百五十八步之間，扣扣細細數過，而從學校到家略微遠一點，是三百七十二步左右，因為放學走的是後門。扣扣熟知那三百六、七十步路途中的每一座房子，甚至知道哪家養貓，哪家有狗。可是那三百六、七十步路對一個城市來說不過是一粒小石子，她即使擁有了一口袋這樣的石子，她依舊不認識這座城市。

外婆個子很高，從後面看起來，腰幾乎長在背上，腿幾乎長在腰上。外婆走起路來，像踩著高蹺，扣扣得走三步，才趕得上外婆的一步。可是外婆並沒有停下來等一等的意思，外婆那天一點兒也不像在是散步，扣扣的腳幾乎沒有點地的工夫。

外婆那天走的都是小路，從一條小巷拐入另一條小巷，再拐入另一條小巷，有一次，甚至從一戶人家的院子裡穿過。如果把外婆那天的腳蹤畫下來，那一定是無數個「之」字。扣扣很奇怪：不太出門的外婆，卻似乎在這條路上已經走過了一千次，外婆的腳沒有在任何一個拐彎處顯示出絲毫的遲疑和躊躇。

扣扣不知道時間，扣扣只覺得走了很久很久。最初讓扣扣覺出累的是肚子，後來才是腿腳。扣扣覺得肚子變得奇怪，肉很癟很軟，軟得像扯過了勁的橡皮筋，薄薄地貼在腰上。肚皮一鬆，全身都鬆，身子扯不動腿，腿扯不動腳，扣扣就走不動了。在扣扣的記憶中很少有餓的時候，所以扣扣撞上了餓還不知道那是餓。

扣扣問外婆要去哪裡？還要走多遠？外婆說沒去哪裡，隨便逛逛，快了快了。外婆沒明白這兩句話是相互打架的，「快了」有個目的地，而「隨便」卻沒有。外婆沒想到邏輯，外婆只是著急趕路。途中好幾次外婆撩起衣袖看了一眼手腕，搖了搖頭，又把袖子放了回去。這是外婆的習慣性動作，其實外婆的舊手錶早在三個月前就已經進了委託行，現在留在外婆光禿禿的手腕上的，只有一個白皙的圓印——那是陽光繞過錶殼咬下的齒痕。外婆著急，是因為外婆和扣扣一樣，都失去了對時間的判斷能力。沒有手錶的外婆已經不知道怎樣才能保證準時，外婆現在只剩了一個笨方法，那就是提前。

走著走著，外婆就覺得自己手裡捏著的那隻手有了重量，扣扣的步子越來越慢，越來越沉了。外婆在路邊停了下來，從兜裡摸摸索索地掏出一個手絹包，打開來，放到扣扣眼前，是三片動物餅乾。

外婆的餅乾罐裡一年到頭都藏著動物餅乾。外婆的餅乾罐就擺在明處，伸手可及，外婆從來不擔心扣扣會偷。扣扣不是不喜歡餅乾，只是扣扣對餅乾的喜愛和吃沒有多大關聯。

每天上床之前，扣扣會得到三片餅乾。不多也不少，就是三片。扣扣拿了，並不著急吃，而是把它們收在一個原先放過豆腐乳的敞口玻璃瓶裡。扣扣在床上鋪開一條手絹，然後把瓶子裡收的餅乾都倒在上面，再細細地查看著它們的形狀，把它們一一歸類排隊。她會找出那些重複的物種，慢慢地吃掉，然後把剩下的隊列徹底打亂，等待著第二天的重整。

扣扣對食品向來沒有太大的興趣，她真正喜歡的是這些餅乾簡單粗樸的造形。每當她從外婆手裡拿到一個先前沒見過的物種，比方說，一隻罕見的烏龜，或者是駱駝，她就會暗地裡快活上一個夜晚。她用集郵的方法收集著她的物種，外婆看見她每天晚上像個檢閱三軍的司令官似地檢閱著那支動物軍團，總是忍不住笑。外婆說你要是不吃，放在我的罐子裡和放在你的瓶子裡有什麼兩樣？扣扣說不出反駁的理由，扣扣話少，嘴笨，只是搖頭，說罐子是罐子，瓶子是瓶子。

今天外婆把晚上的饋贈提前到了下午。外婆給的那三片動物，一片是羊羔，一片是雄雞，還有一片在路途的碰擦中磨去了兩隻耳朵，已經分不清是兔子還是貓。扣扣拿過餅乾，在腦子裡打開那只裝過豆腐乳的敞口瓶子，倒出裡邊的存貨。她在想像中巡視著那支說長不長說短也不短的隊伍，她很清楚地看見了羊羔，但卻想不起來是不是也有雄雞。扣扣沒了耐心，就把那三片餅乾一起都塞進了嘴裡。那是肚子搗的鬼，肚子跳過腦子直接指揮了手。塞完了，扣扣才明白她的嘴太小了，唾沫不夠，羊羔、雄雞，還有兔子（或許是貓）的碎片在喉嚨裡乾澀地擁擠摩擦著，發出咕嚕咕嚕的聲響，扣扣的眉心噎出了一個結子。

外婆把手絹上的餅乾末子抖落在掌心，倒進嘴裡吃了，嘆了一口氣，蹲了下去。

「上來吧，我背你。」外婆說。

外婆不是第一次背扣扣。小時候扣扣發高燒，發到身子抽筋，是外婆把她背到醫院看急診的。那一次扣扣燒得有些糊塗，什麼也沒記住。那時扣扣五歲，現在扣扣九歲，只是九歲的腦子依舊裝在五歲的身子裡，所以外婆隔了四年依舊還背得動扣扣。扣扣覺出外婆的背上有樣東西在隨著外婆的腳步一下一下地戳著自己的胸脯，過了一會兒，扣扣才明白過來那是外婆的肩胛骨。

扣扣的鼻子貼著外婆的頭髮，外婆的頭髮被風吹亂了，正中間那條分界線成了一條歪歪扭扭的田埂。外婆昨天剛洗過頭，昨晚扣扣和外婆睡一頭的時候，還聞得見外婆頭髮上荳蔻洗頭膏的香味，現在聞到的，卻只是泛著酸氣的汗水。汗味是個霸道的壞小子，只要汗味在場，別的氣味都得給它讓路。

扣扣趴在外婆的背上看街景，突然發現地上的世界和外婆背上的世界是兩個世界。外婆的背給扣扣的眼睛架了一張梯子，眼睛站在梯子上，世界突然就矮了下去，熟悉的景物變得有些陌生。黃包車的輪子變小了，頂篷變大了。街上跑來跑去的孩子，腳變小了，頭變大了，扣扣甚至看到有個男孩頭頂上長著一個渦，頭髮順著那個渦逃竄開去，像漩渦邊上的水流。外婆說扣扣的頭頂也有一個渦，長在偏右的地方，扣扣梳辮子的時候，不能分中縫，只能順著那個渦的方向分成兩股，所以扣扣的辮子總是一邊細一邊粗。外婆說女孩子頭頂有渦，命硬。扣扣不知道命到底是該軟還是該硬，扣扣問了，外婆也不說。外婆說話就是這個樣子，一半在嘴裡，一半在肚子裡。

扣扣在外婆的背上顛來顛去，顛得睡著了，後來是被一個聲音驚醒的。那聲音像把錘子，在扣扣的耳朵裡砸進一枚釘子，扣扣一個哆嗦就醒了，揉了揉眼睛，才明白那是鑼聲。

外婆已經走到了一條十字路口，街邊搭著一個臺子。這樣的臺子街上到處都是，幾張凳子上擺上幾塊木板，兩邊豎兩根竹竿，中間掛上一條紅布條幅。這樣的臺子搭起來並不費力，拆起來也很容易，從一個街口挪到另一個街口，三五個人一架板車就夠了。橫幅上的字，扣扣認得一頭一尾，頭是「無產階級」，尾是「鬥爭會」，中間的字筆畫太多，扣扣認不透。

臺上站著一個剪著齊耳短髮身穿灰布衫子手提一面大鑼的老太太。老太太極是矮小精瘦，鑼提在她手裡像是老鼠舉著一口鍋。可是扣扣沒想到這個瘦小的老太太有這麼大的手勁，能把那面鑼敲得像山炮。

這第一聲鑼只是開場的，為的是叫人把耳朵和眼睛都閒下來，專門來看臺上的熱鬧。後邊還跟了幾聲鑼，聲勢就不如那第一聲了。後面的鑼更像是伴奏，在老太太喊話的間隙裡，隨時插進來壯壯聲勢。老太太的鑼錘停了，鑼聲卻不肯立刻就停，還是嚶嚶嗡嗡地響著，咬掉了老太太下一截的話頭。

「……破壞上山下鄉……鬥爭……老實……」

扣扣的喉嚨裡泛上一股奇怪的味道，有點像臭了的魚，也有點像鏽了的鐵，那味道似乎隨時要推開她的牙齒飛奔而出。扣扣怕聲音，怕人群，怕一切的嘈雜。嘈雜把她的心揪到喉嚨，嘈雜讓她想把心吐出來。

扣扣掙動著兩腿要從外婆身上跳下來。

外婆不肯鬆手。

「人太多，你會丟的。」外婆說。「我們就走，就走。」

外婆的嘴說的是一回事，外婆的腳做的卻是另一回事。外婆背著扣扣，一會兒用左肩，一會兒用右肩，刀似地劈開越來越密集的人群，一路朝前，走到了離臺很近的地方。扣扣已經跳不下去了，扣扣的前後左右都是肩膀，扣扣的腳無法在肩膀的叢林裡找到可以落地的空間。扣扣覺得外婆今天換了個人。外婆向來不喜歡熱鬧，家裡大白天也關著門，街上多走動幾個人都要心神不寧。可今天的外婆卻生出了兩個膽子，扣扣只覺得陌生。

這時臺上押上來一個精瘦精瘦的小夥子，押他的是兩個比他年長些的人，也是精瘦精瘦的，卻比他站得直。那個被人押著的人佝僂著身子，因為脖子上墜著一塊大牌子。牌子上寫著兩行字，一行大，一行小，大的那行在下，扣扣全認得，是「武建國」。小的那行在上，扣扣只認得兩個字，一個是「流」，一個是「偷」。被押的那個人一上臺就噗通一聲跪倒在了地上──是讓人照著腰眼踹了一腳。那一腳踹得狠，他噭地叫了一聲，身子蜷成一個球，頭抽了一抽，縮進了頸脖裡頭。

踹他的那個人一把揪住他的頭髮，把他的臉從脖子裡揪扯出來，正正地對著臺下，扣扣就看見了他左邊臉上一塊紅色斑記。頭皮扯得很緊，那塊紅斑被扯得吊了上去，像一隻被撕成了一半的蝴蝶。扣扣的眼皮跳了一下，她認出了那半隻蝴蝶。那半隻蝴蝶比她上次見到的時候，長大了很多。

臉上長著蝴蝶的人咧開嘴嘶嘶地哼著，露出兩排黃褐色的牙齒，兩道眉毛蹙成一團磨得起了毛的舊麻繩，頭扭來扭去，想從揪他的人手裡扯出一絲寬鬆。

敲鑼的老太太聽不得那嘶聲，揚起鑼錘，朝著那人的額頭敲過去。鑼錘落下去的聲響很古怪，像菜刀柄砸在沒熟透的西瓜上，有些脆脆的，又有些沉悶。

「裝什麼可憐？偷人東西的時候怎麼不知道怕？」老太太厲聲呵斥道。

那人沒防備老太太會出手，怔了一下，才伸出雙手捂住了額頭。扣扣發現他的指縫裡有些東西流了出來，膩紅膩紅的。

那人咿嗚一聲哭了起來。那哭聲一點兒也不像是男人的，倒像是被人踩到了爪子的老鼠，或是被刀剁去了一截尾巴的貓狗。

「皇天，這是東門老武家的小兒子。」

站在外婆身邊的一個女人對另一個女人說。

「這小子從小就渾，他爸管不了他。去了黑龍江兵團，受不得那裡的苦，逃回來了。沒戶口，天天偷雞摸狗混世。」

另一個女人嘆了一口氣，說：「腰眼和腦門，都是要命的地兒。要是殘了傻了，年輕輕的，將來還怎麼活？」

兩個女人誰也捨不下那份熱鬧，嘴裡嘆息著，腳卻不肯走。

這時臺底下衝上來一個男人，手裡捏著一根粗木棍。男人比臺上那幾個男人都年長，也比他們粗壯，身上穿的那件汗衫，已經洗得掛絲，早已看不出顏色，露在外邊的胳膊和頸脖，被太陽晒得黝黑，上面有一層豬油似的亮光，是汗水。

男人推開臺上那幾個人：「省省你們的力氣，看我怎麼教訓這個猢猻。」

男人朝那個臉上有斑的人一腳踢了過去。這一腳踢在屁股上，勁很足。那人似乎被剛才那一鑼槌打掉了魂，木木的，不再做任何掙扎，像只裝滿了米的麻袋一樣倒了下去，軟軟的，沉沉的，臺上只剩下一團凸凸凹凹的灰布——那是他的衣服。

穿汗衫的男人掄起手裡的木棍，照著那團灰布砸了下去。灰布彈跳起來，卻又落了下去。扣扣又聽見了哭聲。這一次，是放開了嗓門的哭，或者說，是嚎。

男人這一下太凶猛了，棍子啪的一聲斷成了兩截。男人閃了胳膊。男人扔下那半截剩在他手裡的木棍，用一隻手捂住另一邊的肩膀，嘴唇突突地抖。「我老武一家，一家三代，碼頭工人。我爺爺是搬運工，我爹是，我也是。我們，我們無產階級，就不信，管不好，一個混蛋。」

男人用一條腿勾起地上的那團灰布：「你給我起來，別裝死，在我這兒不管用。你要死，去，去黑龍江死，別在這兒，禍害鄉親。」

男人用那隻沒閃著的胳膊，揪起那團灰布，往臺下走去。

「老姐姐你給我，讓讓路。這幾位兄弟，別費心神了，回去歇著，把這個混球，交，交給我管教。要是他敢，再禍害人一次，你們直，直接抓我。誰不知道，我，東門老武。」

敲鑼的老太太舉起鑼錘，像是要敲鑼的樣子，不知怎的，卻沒敲成，手僵在半空，嘴巴張成一個黑黢黢的小洞。

一行人眼睜睜地看著男人把人帶下臺去。

「這個老武，苦肉計呢。沒看見那一腳那一棍子，落的都是不緊要的地方。那麼粗的棍子，哪能一下就斷了？裡頭有戲呢。」外婆旁邊的那個女人悄聲對另外那個女人說。

眾人終於不情不願地散了。臺上的人開始卸下那條紅布橫幅，用指甲挑開黏在上面的字。那條紅布還會貼上別的字眼，派上別的用場，興許在這個街口，興許在下一個。

外婆終於可以把扣扣放下了。外婆累了，顧不上髒，一屁股坐到了馬路砑子[5]上，呼哧呼哧地喘著氣。

扣扣的腿麻了，腳踮在地上像扎著一萬根針。扣扣靠在一棵樹身上，想等著腳上的針落地，可是針還沒落地，她就彎下腰來哇地一聲吐了。

外婆看見她吐出來的都是些還沒來得及消化的餅乾末子，那些雄雞、羊羔、兔子（或是貓）的渣末，可扣扣卻知道不是。

至少不全是。

扣扣是把堵在喉嚨口的心吐出來了。

外婆從兜裡掏出那塊剛才包過餅乾的手絹，來擦扣扣的嘴。

「沒事，沒事，肚子空了，好吃晚飯。」外婆輕輕拍著扣扣的背。外婆發現扣扣的襯衫黏黏糊糊的，全是汗。

「認出來了吧，那個人？」外婆問。

扣扣沒說話。半晌，才點了點頭。

還要過很久扣扣才會知道，這幾個月裡，扣扣上學的時候，外婆幾乎天天在外邊走。外婆在執拗地尋找著那個人的蹤跡——那個用一記耳光在外婆的耳膜上留下了永不癒合的小孔的人。

那天的相遇，並非偶然。

「你現在，再也不用怕他了。」外婆說。

那天回家，外婆去了灶披間，捅開爐子，用慢火燉了一鍋綠豆粥，又炒了一盤雞蛋蝦皮，就去招呼扣扣出來吃飯。

扣扣沒回聲。外婆進屋一看，發覺扣扣已經躺在床上睡著了，身邊放著那個裝過豆腐乳的敞口瓶。瓶蓋是擰開的，裡邊空無一物。

扣扣吃完了她的餅乾存貨。她的動物部隊全軍覆沒，片甲不留。

夜裡，扣扣被一陣奇怪的格格聲驚醒。她以為是老鼠。她豎起耳朵仔細聽了許久，才恍然大悟：那聲音來自她的身體，是她的骨頭在爆裂，像拔節長高的竹子。

第二天早上起床，扣扣發現穿了兩年的鞋子小了，她怎麼也套不進去。

注1　灶披間：上海方言，意指廚房。

注2　小人書：又稱連環畫本。

注3　金鎦子：即金戒指。

注4　西紅柿：番茄。

注5　馬路砑子：中國北方方言，指馬路與人行道相接的部分。

下篇

土豪和神推的故事

土豪出生的時候肯定不叫土豪。土豪在護照上的名字也不是土豪。不過這已經無關緊要。土豪在巴黎的華人圈子裡沒有其他名字，所有認識他的人都叫他土豪。

他也這麼叫自己。

別人叫他土豪和他自稱土豪，聽起來是一回事，內裡的原因卻不盡相同。別人叫他土豪，首先是因為他有幾個錢。據說他在巴黎城邊的第九十二區裡，擁有三套豪華公寓。那個區寸土寸金，出過好些個達官顯貴，包括一位叫薩科齊的豪門子弟。當然，光憑那三套住宅他還配不上土豪這個名字，他至多只能叫富翁。他之所以被叫做土豪，還因為他滿嘴胡言、一擲千金、卻又說翻臉就翻臉的脾性。

而他自稱土豪，除了上邊所有的原因之外，還有一個原因，一個只有他自己知道的原因。

土豪出自別人的嘴時是矛，而出自他的嘴時卻成了盾，他的盾讓一切矛失去了威力。扛著盾招搖過市，他不必惺惺作態，扭捏躲閃，他可以為所欲為地粗魯率性。當他自稱土豪的時候，他感覺安全。自黑自嘲都是文化人的扯淡，土豪只是一個實踐者，不精通也不在意術語。

土豪擁有中國護照、美國綠卡、歐盟長期居留紙，還有包括加拿大、澳大利亞、紐西蘭在內的多國多次往返簽證。土豪那本蓋了密密麻麻的印章和注解的護照，看上去更像是二戰時期德國人的密碼本。

在說英語的人面前，土豪會顯擺幾句法語。在說法語的人面前，土豪會露幾句英語；而在又說英語又說法語的人面前，土豪只能說中文。土豪的普通話很異類，溫州人聽起來貼著肉的親，因為土豪就是溫州人。

酒酣耳熱之際，有人問過土豪在美國待得好好的，為什麼要來巴黎？土豪咂吧著嘴唇，歪著脖子想了半天，才說：「沒為什麼，就是願意，行不？」土豪說這話的時候神情天真得像個孩子，卻一下子堵住了人的嘴。

土豪吃是吃的，喝也喝，偶爾也和朋友玩幾輪二十一點，有時也去美麗城，帶回個把化著濃妝穿超短皮裙的站街女人。但那都不是土豪的正事，土豪從不會為娛樂誤了正事。不是因為土豪自律，自律不符合土豪的個性，土豪只是覺得正事比吃喝嫖賭更刺激。

土豪的正事是開著他那輛本田麵包車，到一切四個車輪可以抵達的鄉下地方，逛舊貨市場淘古董。用巴黎華人的話來說，去撿漏[1]。

土豪的麵包車從年齡上來說還是個小鮮肉，但看起來卻像個糟老頭，前面和後面的護槓都已經癟了，車身上布滿了累累傷痕。疤痕與年齡無關，卻和土豪的停車技術大有關聯。土豪開著他的龐然大物插進巴黎纖巧細瘦的停車位，無所畏懼地往前一頂，再往後一杵，把前邊後邊的車各撞開一吋半分的距離。如此這般幾個回合，就把他的龐然大物勉勉強強嚴絲合縫地擠了進去——車身早已千瘡百孔。

土豪逛遍了巴黎周邊大大小小的舊貨市場，後來把路都趟熟了，就越行越遠，有一次竟然開了整整一天車去了尼斯。土豪哪回也不會空車回來。土豪到底撿到了多少漏？恐怕連他自己也說不清楚。別人收舊貨，多少有個範圍，或是瓷器，或是玉器，或是珊瑚犀牛角，或是古畫古鐘，或是舊家具，可是土豪的腦子是一間沒有分格的倉庫，土豪見什麼都往裡撣。

土豪每淘到一樣新奇貨，就要請三五個朋友吃頓飯，顯擺顯擺他的收穫。人一喝酒，難免話多，酒桌上就有人說是真貨，也有人說是贗品。有人說是舊物，也有人說是做了舊的新玩意。土豪聽了，也不辯解，只是冷冷一笑，從兜裡掏出一個信封，裡頭是一張佳士得的交易證書。土豪有一塊據說是順治爺年間的玉觀音，曾在佳士得賣出了十五萬九千歐元的價碼。白紙黑字。土豪把這個信封一直帶在身邊，四個角都磨出了毛邊。

若看著土豪沒有翻臉的意思——土豪的臉從來陰晴不定，說變就變，就會有人不識趣地問：「怎麼秀來秀去就這一份呢？法蘭西的舊貨，有一半在你家呢。」土豪就會警惕地環顧左右，然後壓低嗓門，神神祕祕地說出故宮的某一個館名。

「你去那裡看看，別說是我告訴你的。我不是那號傻逼，沒見過世面，帶回去一件破東西就非得上個電視抖落抖落。咱們悄悄地，鬼子進村，越是國寶，越是要低調。」

眾人將信將疑，不過誰也沒太在意，都願意嘻嘻哈哈地逗著土豪開心。

好酒好飯地請你來，總不能吃了人的還專跟人過不去，巴黎的華人大都還算厚道實誠。

不過，信也好，不信也罷，土豪在巴黎，怎麼也排得上是號人物。

土豪很少說起他在美國的經歷，唯一的一個例外，是他在美國遇見的一樁奇事。

土豪說他有一陣子替美國餐館送餐，有個晚上天下起大雷雨，土豪騎著一輛自行車給一個寡居的美國老人送比薩，渾身淋得濕透，差點沒讓雷劈死。到了那家，比薩還是熱的，他卻抖得像篩糠。老人見了，不忍，身邊又沒有零錢給他小費，就從門廳的傘筒裡抽了一把雨傘送給了他。他自認倒楣，正要走，老人想了想，又指了指那個傘筒說，要不你把這個也拿走，反正是你們中國的東西，我也看不懂。

土豪看了一眼那個被當作傘筒用的瓷瓶，雖是粗樸，倒有幾朵花兒，樣子還不難看，就馱在自行車後頭拿回家來，擱在牆角，隨便插個雞毛撣子掃把什麼的。有一天，住他隔壁房間的租客搬了家，又搬進來一個新人，是個中國來的歷史系研究生。那人見了那個瓷瓶，翻來覆去地看了很久，才跟土豪說：「趕緊收起來，千萬別這麼粗使了，這是明朝的瓷器，可以換大錢。」土豪聽了，半信半疑，最後沒忍住那煽起來的好奇心，買了張折扣價的機票，帶著這個瓷瓶回了趟國。

「結果呢，你猜？」

每次說到這兒，土豪都要賣個關子，停下來，喝酒吃菜上趟廁所。直到把人胃口吊足了，才說果真是賣了個好價錢。

聽過這個故事的人，沒有一百，也起碼有八十，有的還聽過好幾回。聽的次數多了，就有人漸漸聽出些細節上的差別。比方說那件事發生的年代，有時是十五年前，有時是十八年，而有時是十三年。再比方說，土豪那晚送的餐，有時是比薩，有時是揚州炒飯，有時是英國炸魚。再比方說，那個瓷瓶的賣價，有時是五十二萬，有時是六十八萬，有時是八十一萬。

不過，聽的人還是能從土豪的故事裡得出幾條大體一致的信息：首先，土豪在美國的時候，還不是土豪；土豪不僅不是土豪，而且過得還有幾分潦倒；其次，土豪是在美國撈到第一桶金的；第三，土豪是在撈到第一桶金之後，才對古董上了癮的；第四，土豪之所以從美國搬到巴黎，大抵也跟古董有些關係。美國那個地方，水牛頭骨倒是不少，古董嘛，呵呵。

就在前幾天，土豪出門撿漏的時候摔了一跤。醫院裡拍過片子，骨頭沒事，就是半邊的身子疼，走路開車都費勁。於是，土豪就不願意外出了。沒想到土豪這一跤，竟會對巴黎華人圈子的社交生活產生如此重大的影響——飯局和拍賣會上沒了土豪，巴黎突然安靜了許多。

也乏味了許多。

和土豪一樣，神推既不是出生時爹娘給取的名字，也不是居留紙或者護照上的名字。

有一段時間，神推給自己起了個法國名字叫CoCo。沒錯，就是CoCo香奈兒的那個CoCo。

CoCo這個名字，其實也就是個招呼用語，有點像中國話裡的「喂」、「那個誰」，或者英文裡的「hello」和「hey」。在巴黎，很多中國女子都有一個這樣的名字，比如西蒙娜、麗娜、居麗耶特，或者賽琳娜。這樣的名字能把一個人從人堆裡挑出來，卻又不用清晰地露出臉來。

可惜這個名字最終沒能流行起來，因為誰也沒覺得她像CoCo，大家只覺得她就是神推。時間一久，連她自己也覺得神推貼切過CoCo，就懶得更正了。

神推跟大部分她這個年紀的溫州女人不一樣，在巴黎她不開店鋪，不做生意，甚至也不到衣廠當車衣工。神推掙錢另有門路。神推出國只是為了兒子。兒子從小得了一種古怪的血管畸形病，治了這麼些年也沒有效果，聽人說法國對付這號病有絕招，就申請了一張醫療簽證，帶著兒子來了巴黎，一邊陪兒子在這邊讀書，一邊找醫院治病。

和土豪一樣，神推這個名號不是從石頭縫裡蹦出來的，它自有它的出處。神推的「推」不是推銷的「推」，而是推拿的「推」。

據說神推出自名醫世家，七代人都是中醫。五代以前，也就是在神推爺爺的爺爺手裡，家族裡先後出過兩位宮廷御醫。到了神推這一代，沒有男丁，再加上世道變了，只認文憑，神推就不再行醫。不再行醫的意思是說，她不再跟她的父輩那樣掛著牌子給人看病。但她跟著爺爺和父親學過三、四十年的中醫，她手裡捏著好幾張祖傳祕方。國內幾家有名的醫學院，都來和她商談過合作研發祕方的事，公文包裡揣著天文數目的合同，可神推都沒答應。

這話最早是怎麼傳出來的，已經沒人記得了。下一家往上一家追，上一家再往上上一家追，追到某一個鏈結上，就發覺追不下去了，話鏈子成了無頭的繩索。傳話的人發現聽話的人已經聽說過此事了，而且遠在傳話人之前。從話鏈子的輩分來說——假如話鏈子也有輩分，聽話的人本該是傳話的人的爺爺，而現在卻成了傳話人的兒子，輩分整個亂了套。於是就知道，這條話鏈子不再是直線，而是成了圓圈，沒有頭也沒有尾的圓圈。

誰也沒有想到，神推也有可能是那條鏈子最初的那個頭。巴黎的人可以不相信土豪的故事，卻絕不會懷疑神推，因為神推低調、內斂、緘默、謙和……神推配得起和誠實擦得上邊的所有形容詞。

儘管如此，還是有好事之徒——在巴黎永遠不缺好事之徒，忍不住拿這傳說來向神推求證。神推聽了，只是淡淡一笑，丟下一句「瞎說」。神推向來嗇惜話語，這短短的兩個字符合她的性情。而且，神推說這兩個字時的聲音和神情都很孱弱，聽起來不像是直接的否定，倒更接近於迂迴的承認。於是，那些本來就願意相信神推家世傳說的人，心就更加落到了實處。

至於那些「既是名醫之後，為什麼還要來巴黎治病」之類的無知問題，神推從來不屑回答。她用不著，早有人站出來替她義正辭嚴地反擊：「華佗李時珍不是也治不了自己的病嗎？何況腦血管畸形，那本來就是西醫的事。」

現在你應該猜得出來了，神推掙錢的路數是推拿。

在巴黎行走著無數個按摩女郎，她們身挎一個鼓鼓囊囊的布包，擠在數十條鐵線上，走街串巷上門提供服務，一個小時二十歐到四十歐不等。她們的包裡裝著各式各樣的按摩油罐，假如蓋子沒有擰緊，你又碰巧在近處，你就會聞到各種各樣的香氣，有的濃烈，有的淡雅，有的若有若無。她們的手指碰觸到你身體的任何一個部位，都伴有關於穴位的詳細說詞，還有關於你健康狀況聳人聽聞的斷言，最經常的是頸椎腰椎病，其次是腎虛、風濕，還有腸胃、內分泌功能、婦科失調、失眠症、肝火旺盛，等等，等等……在她們到來之前，你從來不知道你的身體有這麼多個器官和部位，每一個都像你的初戀女友那樣嬌嫩，動不動就有可能鬧事，甚至出走，需要百般小心地慰撫和呵哄。

其實她們的手不一定跟從她們嘴裡所說的那些穴位，也許，她們的手根本不知道穴位，眼睛也同樣迷糊，穴位只是一串多次背書之後在記憶裡烙下的習慣用語。她們手指的任務，只是引導你的感覺神經走向舒適、放鬆，最終抵達睡眠的大門。當然，有時手指也會做些適得其反的事，引起你緊張和激動（此處省略一百二十六個字）。

而神推不是她們中的一員。

首先，神推要價很狠，一小時七十五歐，五公里以外要收額外的車馬費。神推的價碼是鋼是鐵是花崗岩，沒有任何伸縮的餘地。

而且，神推的手和她的價碼一樣狠毒，神推在你身上運用手指手掌和肘關節時的勁道，不由得讓你想起渣滓洞、白公館[2]和梅機關[3]這樣的字眼。神推幹活的時候，從不解釋穴位也不回答問題，大部分情況下，神推從頭到尾一言不發，讓人感覺她渾身是手，卻沒有長嘴。假如說那些按摩女讓你放鬆休息，神推卻絕對不會讓你產生這樣的誤會。神推發力的時候，睡眠是神話裡才有可能抵達的境界，神推讓你的每一絲肌肉每一條骨頭每一根筋都隨時陷入屈打成招的淒慘境地。神推拿了你的錢，是為了讓你不聽管教的筋骨皮肉在遭受一輪酷刑之後，不敢再忤逆任性，而是乖乖地順從你腦子的指令。說也奇怪，遭了神推種種蹂躪之後的筋骨皮肉，大都能很快乖乖地擔負起操勞的職責，所以巴黎華人圈裡，許多人心甘情願地從神推那裡花錢買罪受。

神推的名氣，就是這樣從一張嘴傳到另一張嘴，越傳越遠，傳成了燙金名片。找神推的客人很多，你簡直不能想像在巴黎這樣一個大都市裡，會有這麼多筋骨犯賤的人。可是神推並不是來個電話都應承的。就是天塌下來，太陽墜到了塞納河水之中，神推也不會在下午三點半以後接活——那是她趕回去做飯，等待兒子放學歸來的時間。

所以，等到土豪通過好幾個熟人終於輾轉約定了神推時，離他摔了那倒楣的一跤，已經過去了十天。

地鐵很擠，街面上也擠，有人在聚會遊行。巴黎街頭幾乎每天都有事件發生，或許是慶祝，或許是抗議，神推分不清楚，也懶得去分。巴黎人愛在街頭解決一切在家裡也可以解決的事，比如戀愛，吃飯，慶賀，吵架，等等。

倒了三趟地鐵，出了站，給土豪接二連三地打了好幾個電話，才總算找著了路。土豪昨天告訴她的只是地鐵站名，具體地址土豪說會在出站後告訴她，神推感覺他們的會面有點像地下抵抗組織的祕密接頭。

按了很久的門鈴，才有人應門。

土豪穿著一雙薄布拖鞋，那種從星級旅館帶出來的一次性用品，踢踢踏踏地出來開門。土豪身上的T恤肯定是剛才匆匆忙忙套上去的，領口歪斜，肩膀搭落在前胸，衣襟上沾滿斑斑點點的菜汁和油跡。神推的眼睛皮尺似地沿著土豪的腰腹走了一圈，腦子裡的計算器自動摁下了按鈕。她心裡已經有數：這一身的肌肉和板油，大概得用十二分的手勁，才能推得透。

土豪見到神推，怔了一怔，好像忘了是他約的人。探出頭來看了看神推身後無人，才把身體側開，讓神推進屋。

「二十分鐘。」土豪說。「你遲到了二十分鐘。」

「路……」

神推剛想開口解釋，土豪的目光把她還沒出口的話剁成了碎片。她把黏在舌尖和嘴唇上的碎片默默地吞了回去。

「路阻，路阻，路阻。我知道你要說什麼。巴黎哪天沒有路阻？你知道有路阻，為什麼不早點出門？」土豪說。

神推不說話，知道說也沒用。她去過的人家多了，隔一陣子就會遇見一兩個抽風[4]的人。第一眼掃過土豪，她就知道碰上了一個巨嬰。

她只想趕緊找一個地方卸下身上那個背了一路的包。她環顧四周，這是一間越層公寓，天花板上垂掛著淡淡的珊瑚色水晶枝形吊燈，屋頂的白色邊角線上雕著層層疊疊複雜紛繁的花卉，牆壁上掛了幾幅裝在鍍金雕花木框裡的油畫——那樣式和質地都是神推在哪兒也沒見識過的雍容。只是，這麼氣派的一個家，竟然沒有幾樣家具，空蕩蕩地像一個還沒有裝上禮物的奢華盒子。

她只好在一張簡便餐桌上放下了背包。今天她背了一個超大的帆布包，走在路上時，她覺得自己像個拖著一個飽實到開爆的編織袋、急急忙忙趕火車回家過年的農民工。走了這長長的一程路，她倒還沒有特別感覺出包的重量，只是當她把包卸下的時候，她的肩膀才開始一跳一跳地燒灼起來，是背包帶勒出來的溝。

包裡最沉的那樣東西，是她托人剛從國內帶過來的迷你折疊式紅外線治療儀，昨天她花了整整一個晚上，才仔仔細細地看過了說明書。

「現在，開始嗎？」神推問。

土豪沒理她。

土豪在飯桌邊坐了下來，掀開桌上的一個小鍋蓋，底下是一碗已經泡了不知多久的方便麵。土豪用筷子挑起麵條，麵條泡得很是鬆軟，在筷子上一顫一顫的撒著嬌。土豪把麵條挑得很高，然後仰著脖子用鼻尖看著麵條滴滴答答地往下淌著湯汁。土豪還想多看一會兒，可是脖子和手臂不喜歡這個姿勢，同時發出了抗議，他嘶了一聲，收回了那個皮影人物般的誇張動作。

「那一跤，他媽的那一跤。」土豪咧著嘴罵道。

土豪收斂了姿勢，開始吃麵。土豪的身體收斂了，嘴卻沒有。土豪吃麵的樣子有點滑稽，牙齒似乎成了無用的擺設，嘴唇舌頭和筷子辦完了交接，就跳過牙齒，直接找到了喉嚨，整個過程只聽見絲溜絲溜的吮吸聲。那種熱切，那種歡快，好像土豪從來不知道麵條為何物，或者說，他已經餓了整整七天七宿。

「進食後，不好馬上做推拿的。」神推輕聲說。

土豪斜了神推一眼，挑在半空的筷子停了一停。

「不吃我咋辦，餓著肚子做得動推拿嗎？」土豪哼了一聲。

神推一怔。土豪的道理太歪了，歪得人都不知道從哪兒開始辯駁。

「出力的人是我。」半晌，神推才說。

土豪已經把麵條吃完了，扔下筷子，雙手端起碗來喝湯。端到一半，右肩膀有些鬧心，只好把碗放到左手上。一抬碗，就把碗底的湯呼嚕呼嚕全喝完了。

「吃什麼，也沒有方便麵香。」

土豪放下碗，撩起T恤的下襬擦了擦嘴，響亮地打了個飽嗝。

「不吃飽了，我哪有力氣抗疼？誰不知道你手狠？」土豪說。

神推的嘴角輕輕地扯了一扯，她知道那是笑的先兆，可是她忍住了，把那個歪了的嘴角扯回到正路。

巨嬰在不耍橫的時候，還是有點可愛的。神推想。

「那你就等會兒。」土豪拍了拍肚皮，站起來，沿著屋子哼哼唧唧地走了幾步。

「你讓我等了二十分鐘，我叫你等一會兒，也不算虧著你吧？」土豪說。

神推從口袋裡摸出手機，給下面約的那家打了個電話，要推遲。那頭問為什麼？神推看了一眼土豪，說現在的這家，出了點，情況。

其實神推是想說「狀況」的，可那兩個字在滑到舌尖的時候，臨時變卦，自作主張，變成了「情況」。

神推打完電話，在餐桌邊上坐下來，一邊等著土豪一瘸一瘸地走完他的飯後百步，一邊看起了手機。神推覺得出來土豪在看她，土豪想說話。土豪肚子裡那些還沒變成聲音的話，像透明的氣泡，順著土豪的毛孔汩汩地冒出來，在空中四下亂飛，撞到牆上，撞到天花板上，也撞到神推的臉上，無聲無息地碎了。

巨嬰都有說話欲，巨嬰不說話會死。

但是神推不想說話，神推只想靜靜地待會兒，消消停停地積攢些勁道，來應付後邊的力氣活。

「來巴黎多久了？」土豪終於沒有忍住，土豪說話了。

「不太久。」神推說。

「一年？兩年？」土豪追著問。

「差不多。」神推說。

「也是溫州人？住哪條街？」

「都住過。」

「你孩子，多大？」

「不小了。」

神推感覺正在被土豪逼著朝某個方向退，她隱隱感覺出了身後的牆角。

「一個人？」土豪還在逼。

「嗯。」

「老公呢？」

土豪終於把神推逼到了牆角。神推明白了，她已經無處可退。她得換個姿勢，不能等著讓一個又一個的球砸死。

「你還是帶我去臥室吧，我先把東西準備起來。」神推說。

土豪推開臥室的門，神推的鼻子一下子聞到了眼睛還沒來得及看清的東西。鼻子一抽，牽著身子也抽了一抽，打了一個驚天動地的噴嚏。

這只是一個猝不及防的開頭。後來她有了防備，還是沒用，鼻子裡彷彿有一隻百足的蟲子，正緩緩地爬啊爬，要爬出鼻腔來見天日。只是鼻腔很長，蟲子怎麼也爬不到頭。

十個？十五個？二十個？

神推數不清楚她到底打了多少個噴嚏。蟲子的最後一隻腳終於爬離了鼻孔，神推覺得五臟六腑都隨著那些噴嚏飛出去了，空落落的竟有幾分清爽。

她掏出一張紙巾，擦了擦那些噴濺到下頷手背和衣服上的鼻涕，這才看清了土豪臥室的擺設。

土豪的臥室和客廳一樣，幾乎沒有家具，甚至連床也沒有一張，只有一塊鋪在木板上的床墊，床墊旁邊放著一張擺茶杯和檯燈的小茶几。可是沒有家具的臥室非但不空落，反而顯得異常擁擠，因為從地板到天花板，到處堆滿了一些不是家具、也不能拿來當家具使的物什。有不知從哪塊天花板上拆下來的水晶燈、有插著翅膀的天使或是各式飛禽走獸把門的老式自鳴鐘、各種動物造形的石雕、捲成筒的波斯掛毯、裝在色澤黯淡的金框銀框中的肖像和靜物寫生油畫、樣式古舊的女人皮毛大衣。挨著牆還擱著幾扇鏤刻著獸頭花卉的木門——那都是大件的物什。

小東西都零散地擺放在一個四層的鐵架子上，大多是首飾和裝飾品。有的裝在盒子裡，看不出就裡；有的沒盒子，裸露在外。神推雖然不懂行，卻也大致猜得出來白色的是象牙，紅色的是珊瑚瑪瑙，綠色的是各種玉石。黃色的她吃不太準，依稀覺得是琥珀。

那些玩意兒雖然五花八門，無法歸類，卻有一樣相同，那就是破舊。每一樣身上似乎都沾著三千萬粒灰塵，不是那些可以用雞毛撣抹布洗潔精來清除的灰塵，而是一點一點地滲進了毛孔，眼睛看不見，只有鼻孔裡的纖毛能夠感受的灰塵。那是一種根深蒂固、水和火都不能滲透消滅的霉味。

「這就是你，市場上淘來的，古董？」神推問。

這話出口之前，神推的肚子裡其實是行走著另外兩個詞的，一個是「寶貝」，另一個是「垃圾」，那兩個詞其實是同一個意思。但神推猶豫了一下，最終換了「古董」。神推在世上走的路多了，就慢慢知道從心裡直接湧上舌尖的第一個詞，往往是最不靠譜的，刀劍兵燹，常常都是那個迫不及待的詞惹起的。話只有經過等待，行過彎路，才能磨平毛刺，她已經學會了等候後邊的詞。

「你也懂，古董？」土豪的眼睛裡突然有了光。土豪的眼珠子看起來有點灰色，閃起亮來像玻璃球。

神推搖了搖頭：「不懂。」

「我給你講講，反正也是等。」

土豪把茶几上的杯子和檯燈挪到一邊，自己搭上半個屁股，示意神推坐到床墊上。

「這件，是寶中之寶，那個沉，三個壯漢都沒抬動。」

土豪指了指靠窗擺著的一尊石雕說。

那東西看著像鴛鴦，也像鵝，神態憨蠢，細節雕得粗枝大葉，身上有一個結了疤的斷口，看得出來是從一塊更大的岩石上鋸下來的。

「你猜，這是什麼東西？」土豪把臉湊得近近的，問神推。

神推搖頭。

「圓明園，這是圓明園的東西。我有考證。」

土豪從神推的眼睛裡看出了狐疑，就站起來，從架子上抽出一本厚書。書也是舊書了，被翻過了很多次，興許是同一雙手，興許是不同的手，邊角已經翻捲起來，磨出了毛。

「你看看，這是洋人照的圓明園照片，沒燒以前的。」

土豪飛快地翻到某一頁上，很明顯，他已經翻過多次。

「湖邊，看得清麼？」土豪指著照片上的一片水景說。

照片是模糊的，神推只看見了水和水邊的樹。土豪的手所指的，是水和樹中間的一片東西，形狀和線條都不甚明了，像是石頭圍欄，也像是冬日湖面的霧氣。

土豪失望地嘆了一口氣。「眼神不行，得高倍放大鏡。那是一排石像，都是水禽。我仔細查過資料，叫鴨嘴獸，是學著洋人的樣子雕的，送給老佛爺的壽禮。老佛爺一輩子古板，老了倒有了洋癮。收著這塊石頭的那家人啥也不懂，拿來放在花園裡踩腳。國寶，這樣的國寶，流落他鄉。」

「找人鑑定過嗎？」神推問。這是神推僅有的收藏知識。

「一聽這話就是外行。鑑定，什麼叫鑑定？拿個玉石瓷瓶字畫什麼的去鑑定，那還行得通。這個級別的東西，給誰鑑定？誰敢鑑定？他要是給你鑑定了是真貨，那他先頭鑑定的那些假貨怎麼辦？從故宮撤下來？他總不能自己打自己的臉。那是些什麼人？全是商業陰謀，是真是假還不是他們一句話？你唯一可以相信的，只有……」土豪停頓了一下，咚咚地敲了敲自己的腦門：「只有你自己的專業知識。」

土豪突然耳朵一豎，閉了一下眼睛，彷彿在傾聽外邊屋裡的什麼動靜。

「你沒告訴人我住哪裡吧？這是絕對機密。大巴黎誰也不知道我的地址，要是有一天有人知道了，只能是你洩的密。你知道叛徒的下場吧？《暗算》看過吧？不是我疑神疑鬼，這陣子我總覺得有人在盯我的梢。也是我酒喝高了，嘴巴不上鎖，跟人說了那個鴨嘴獸的事。我真他媽的欠抽。」

土豪做了個撝嘴巴的動作。

神推笑了笑，沒回話。腦子進水的人，偏偏也都愛得頸椎腰椎筋骨的病，都愛犯在她的路上，叫她遇見。神推已經練得百年金剛身，見怪不怪。

「這個裡頭，裝的是什麼？」

神推站起來，走了幾步，在那個四層的鐵架子跟前停了下來。她看見了一個長方形的木匣子，外邊包的是一層豆綠色萬壽花紋的緞布。緞布老了，失去了光澤，中午的陽光照上去，死死的沒有任何反射。吸住神推眼睛的，是那個做鎖栓用的象牙籤子。象牙籤子的尖尖沒了，像是斷在了某一次的搬運中，有人在那斷茬上沾了一顆粉紅色的小珍珠。珠是新的，那是盒子上唯一一樣有光亮的東西。

土豪的神情又亢奮了起來。

「這也是個寶貝。」土豪說。

土豪把那個木盒子打開，小心翼翼地拿出一幅畫，鋪展開來。

和盒子的尺寸相比，畫顯得小了，兩尺長一尺寬的樣子，是畫在絹上的。絹在它正當年的時候興許是好絹，不過正當年的時光都在盒子裡度過了，拿出來的時候，韶華已過，顏色和光澤都枯萎了，布面已經失去了經緯交織的力度。畫上是一片樹枝，茂茂地開著花，花叢裡棲息著兩隻鳥。鳥說不出是什麼鳥，翅翼上都有彩色羽毛，當然也不是當年的顏色了。兩隻鳥兒不看天，也不看花，卻都扭著脖子，看著彼此。畫功極是精緻工細，花蕊和羽毛一根一根，歷歷可數。畫的右下角，有一塊黃褐色的斑記。那斑記中間深，外圍淺，邊緣模糊地擴散開來，像一朵開敗了的茶花。

「郎世寧，聽說過郎世寧不？」土豪問。

神推想了一下，搖了搖頭。

「這都不知道？女人啊，只關心鼻尖跟前那點事，都不好說你。義大利畫師，在義大利沒混出個樣子來，到了大清國，康熙、雍正、乾隆三朝，都是宮廷畫師，一朝比一朝紅。」

土豪斜了一眼神推，只見她心不在焉地聽著，卻拿一個指頭輕輕撫摩著畫軸，彷彿在撣那上面看不見的灰土。

「我知道你又要問有沒有鑑定，我可以負責任地告訴你，還真有，是故宮級別的人。」土豪說。

「有證書？」神推問。

「分分鐘就能有，是從前專給德魯奧（巴黎的一家古董拍賣行）做東方藝術鑑定的人。那人給了個口頭鑑定，要了三百歐。要出證書也可以，再給三百。」土豪說。

「郎世寧畫的鳥，都有這麼個特徵，像是註冊商標。不仔細看，你還真一眼就溜過去了。」

土豪用一根指尖輕輕地指了指鳥腹部一個小小的隆起之處，看起來像是一叢被風吹亂的毛羽。

「你猜？那是什麼玩意兒？算了，料你這個智商也猜不出來。告訴你吧，那是鳥動了性情。動物發情，鳥也發情。那郎世寧二十幾歲到中國，雖是宮廷畫師，其實也就是半個太監，怕是一輩子都沒見過什麼女人。你說他能忍得下去？所以啊，他把自己的性情都畫在鳥身上了。皇上有三宮六院，皇上自己享著福，他哪看得懂那個意思？」

神推看了看手錶，說你收起來吧，時間到了，我們開始。

土豪小心翼翼地把那幅畫捲起來，放回到木盒子裡，嘆了一口氣。

「這幾天沒出門，憋得嘴臭。」他說。

她打開背包，一樣一樣地往外掏她的行頭。紅外線治療儀，酒精，藥棉，按摩油，拔罐盒，毛巾，潤膚霜……

剛才她推門進來，一剎那我覺得看見了鬼。

太像了，她長得跟胭脂。

我是說那個時候的胭脂。

她背了一個大大的背包，看起來像螞蟻馱了一座山。當年胭脂混在那群站在北影門口撞運氣的長腿螳螂中間，簡直是個侏儒。這個女人也是。精瘦精瘦的，脖子和額角上槓著幾條隱隱的青筋。瘦歸瘦，白布襯衫的胸脯上，還是有那麼兩團肉——這也是胭脂最愛誇口的地方。

我本來是想讓她放下背包喝口水的，我都已經走到廚房門口了，卻突然來了氣。我還沒有忘記那天在十三區那家燒臘店門前的事。那天我沒法對胭脂說出口的話，今天我也照樣沒法對這個女人說。但我總還可以稍稍撒一點氣的，她也正好給了藉口，誰叫她遲到了二十分鐘。

胭脂的真名不叫胭脂。她只是看了太多遍《胭脂扣》的盜版碟子，她說能把戲演到梅豔芳這個地步的，天下也沒幾個。她說香港藝人都有藝名，她也得有一個，就取了個名字叫胭脂，是要沾沾阿梅的仙氣。

胭脂做夢都想演戲。我碰到她時，她已經在群眾演員的隊伍裡灰頭灰臉地混了三年，卻還沒有混上一句臺詞。她就是相信，總有一部電影，一位導演，會需要一個具有全部成年女人的風韻、卻又看上去像個中學生的角兒。一個，她不貪心，她只需要一個角兒，一個能同世上所有其他的角兒唰地一刀分割開來，叫人一輩子都忘不了的角兒，就像《胭脂扣》裡的如花。一輩子要是能演上這麼一個角兒，她可以倒下就死。

「一米五，你有一米五嗎？」我問神推。

她吃了一驚，眉毛蹙成了一個結子，腦門上鼓出一個小小的包，彷彿她的身高是一道難題，需要搬用某道複雜的數學公式。

「差不多。」她最終點了點頭。

皇天，她那神情，也活脫脫地像胭脂，兩個眼睛睜得大大的，動不動就蹙個眉頭，像受了多大驚嚇似的。

當然，她不可能是胭脂。她比那個時候的胭脂老。而現在的胭脂，我寧願是她這個樣子。

我以為她會問我為什麼要打聽她的身高，可是她沒有，她只是示意我脫了上衣，躺到床墊上去。

「你都不檢查，怎麼知道我傷在哪兒？」我對她嚷道。

不知道為什麼，我想跟她說話，又不想好好說。想跟她說話的那個我，是把她當成了那個時候的胭脂。不想好好說話的那個我，是想起了現在的這個胭脂。

「你不躺下，我怎麼檢查？」她把我的話扭了個個兒，然後扔回來給我。

我脫下T恤，要躺，卻躺不下去。床墊太矮，我的腰和腿都好像短了一吋筋，生生地扯著疼。我只好把一隻肘子做成支架，將整個身子橫著滾到了床墊上去，然後再翻過身去，俯臥。那一刻我的樣子一定很蠢。

她拿過一條毛巾，疊成幾疊，放在膝蓋下面墊著，跪了下來，用指頭沿著我的腰背，一路敲敲拍拍，問這兒疼不？她拍到哪兒我都哼哼唧唧，她就不問了，乾脆直接下手。

現在我總算知道這個女人為什麼會得個諢名叫神推。和她的身量相比，她長著兩隻巨掌，簡直是兩把小蒲扇。蒲扇是指尺寸和形狀，力度可不像，力度是洗衣服的棒槌，砍柴的板斧，一下一下地劈開我那些緊緊地糾纏在一起的肌肉。用手掌的同時她也用手指，用手指的時候我找不到形容詞。她的手指叫我知道，我的筋肉在這一輩子的操勞中打成了一萬個結子，我感覺有一把鐵爪在一個一個地挑鬆這些結子。她的手一路走過，一路都是嘎吱嘎吱的聲響，那是我的筋骨在呻吟哭泣。而我，卻遠沒有我的筋骨那樣文明，我的呼叫驚天動地。

「我招，我招，我告訴你保險箱的密碼，成不？手下留點情，姑奶奶。」

我的臉捂在床單上，像張倒扣的麵餅，我的呼喊聲嚶嚶嗡嗡地在房間裡迴旋，聽起來淒厲而滑稽。我稍稍有點感覺羞愧。我暗地裡替這個社會慶幸：要是活在從前，我會製造出龐大的失業率。我要是落在渣滓洞、白公館或者梅機關手裡，那些精心設計名目繁多的刑具將會淪為擺設，那些數目眾多在花名冊上吃餉的密探打手將一無用處。我只需要看一眼這些擺設，哪怕僅僅是照片，就會立馬稀鬆無力地淪為叛徒。

她不為所動。我只聽見她漸漸加重的呼吸聲，那是她在運氣。她大概每天都會聽見這樣的求饒，我敢斷定那是她的人參燕窩海膽，她就是靠吃這些聲音長勁。

就在我覺得馬上要昏厥過去的時候，她放了我一馬，說要去一趟廁所，換件好幹活的衣服。我聽見她的腳步在門口停住，接著是些窸窸窣窣的響動，扭頭一看，是她折回來，拿了毛巾，香皂和潤膚液。

這女人真他媽的有病，連洗手都不肯用別人家裡的東西。胭脂也是這樣，她打死都不會用別人的毛巾。可是後來我發覺有人用了她的毛巾，我在她的毛巾裡聞到了菸味。

毛巾是胭脂的鬧門，胭脂關了好多年，後來還是沒關住。那個鬧門一鬆，她就變成了另外一個人。她把毛巾的事放下了，她就什麼都能放下。從招小角色的導演助理，到實習生場記，再到任何一個聲稱有導演電話號碼的男人，她對誰都叉開了兩腿。

有一天，我發現她把她的毛巾落在了片場的傳達室。

「胭脂，你他媽的真……」想到這裡，我忍不住罵出了聲。

神推換完衣服進了門。她脫了牛仔褲，現在穿著的是一件像是工作服的寬鬆運動短褲。

「胭脂，是誰？」

神推聽見了我的自言自語，眉毛略微往上挑了一挑。在這樣一張迷你臉蛋上，這樣的表情已經算是誇張。

「我的一個熟人。他媽的想著就來氣。」我咕噥了一聲。

她沒有再追問，只是脫下鞋子，上床，然後騎在了我的身體上，繼續下毒手。

「床墊太矮，我沒法使力。」她解釋著這個新換的姿勢。

在我發覺胭脂把毛巾落在傳達室的那一天，我喝了一瓶牛欄山二鍋頭。不全是負氣，我也是趁機做了一個決斷——我需要借酒來說出那些聽起來牛逼哄哄的話。

那天晚上，我喝夠了酒，在看起來已經醉了其實還清醒的時候，我去了胭脂家裡。房東院子裡守門的狗看了我一眼，大概被我的樣子嚇住了，都沒敢過來舔我，只是輕輕哼了一聲就放我進了門。我敲門，但不是用手。我沒想到這麼晚了她還沒鎖門，我的腳用力太猛，門嘩地一下洞開，我像隻落水狗一樣跌進屋裡。

胭脂吃了一大驚。但我沒容她把驚訝發展成驚叫，我撲上去，捂住她的嘴，把她壓倒在床上。

她絲毫沒有準備，可是我有，我已經準備了一整個晚上。我把我硬實得要爆裂的身體生生地捅進她纖小的身子裡，我知道那一刻的疼痛是尖利的，我毫無憐憫之心。

我就是要她記住。

事完得很快，大概沒超過三五分鐘。完事時，她已經被我碾成齏粉，她甚至沒有力氣去整一整撕碎了的內褲。她怔怔地盯著天花板，眼神乾澀而空洞。她還沒有來得及從震驚中醒過來。她打死也沒想到，向來在床上小心翼翼的我，會突然間變成這樣一匹野獸。「你放開點，我又不是瓷瓶。」從前，她曾經這麼說過我，因為每次和她做那樣的事，我總有負罪感，我總覺得在欺負一個兒童。她的纖細讓我於心不忍。

可是那天，我沒有任何愧疚，因為她對我來說不再是瓷瓶，而是一只被千人萬人用過的痰盂。從君子到野獸的距離，不過是一瓶酒。

我把她拎起來，按在椅子上，自己蹲在了她對面。

「你做的事，我都知道，想都不要想，騙我。」我扭過她的臉，逼著她看我。

她看了我一眼，就使勁地扭過臉去，眼神裡充滿恐懼。當然，還有羞愧。

「一部戲，我只想，演一部戲，就，再也……」她嚅嚅地說。

「住嘴！」我呵斥道。

「胭脂，我告訴你，這一輩子，你永遠也不可能演上一部戲，哪怕是第九號配角。」我厲聲說。

她這才開始哭，抽抽噎噎的，全身都在顫抖，彷彿前面發生的都是夢，這會兒，夢才醒了。她哭，不是因為夢靠不住，而是因為夢醒得太早。

「除非，在我的戲裡。」我扔給她一條毛巾——就是那條在片場的傳達室裡發現的毛巾。

「我去掙錢。等我拿了投資回來，拍戲。」

「在我回來之前，看緊你的褲腰帶，別脫褲子給那些下三濫，沒用。」

她說了句什麼，可是我沒聽，我已經甩門而去。

投資拍戲的事，其實是一句酒話，還沒出門我就已經知道了愚蠢。我沒指望我能掙大錢，就像我沒指望她能等一樣。那天本是告別，我只想留個姿勢，如此而已。

沒想到，我真賺到了大錢，在八年之後。

幾經輾轉，我打聽到她去了法國。

去找胭脂的那個早上，我換了一身衣服，很內斂的品牌，商標用原色的絲線繡在衣兜上，毫不起眼，只是你再粗心也不可能不注意到衣服的做工。這是英國紳士的著衣之道，可我套在那身衣服裡像坐牢。我可以是紳士，也可以是土豪，我選擇做土豪僅僅是因為舒服。見胭脂不是一件舒服的事，所以我得用另一件不舒服的事來抵消。負負得正，小學算術課教過的。

一路上我把臺詞都想好了。我會問胭脂你還好吧？但我不會等待她的回答，趁她還沒回過神來，我會遞上一張名片：「你要是還想拍戲，可以找我的助理。」我沒有助理，我的助理就是我自己。那張名片上印的，其實是我的手機。然後，我會轉身就走。和當年我一腳踢開她的房門一樣，我只是想留一個姿勢。我只是想看一看，十幾年後的胭脂，是不是依舊還那麼賤。

和胭脂在一起，我也快變成了演員，總想著亮相和退場的姿勢。

我自以為已經把十三區的中國飯館都吃遍了，但我竟從沒注意到她這家小鋪。這家店離其他的中國店有幾步路，孤孤零零地縮在一條小巷子裡，招牌上寫的是「阿珊燒臘」，上下兩層，上住下鋪，賣的是燒鵝燻雞臘肉。

看到這個店名，我才想起她的真名叫王素珊。

她現在不再叫胭脂。

天還早，店鋪沒開門，我在她家對面的一家越南小店裡，買了杯咖啡和一個麵包，坐下來，等著她下樓開門。

「我認識一個人，也叫胭脂。」

我聽見有人在跟我說話，過了一會兒才回過神來，是神推。

神推這會兒正坐在我的後腰上，折騰我的肩膀。這個姿勢把她從跪著的奴婢，一下子變成了騎著的主子。她一定感覺愜意，否則她絕不會主動開口搭訕。

我的臉埋在床單裡，在她動作的間隙裡掙扎著喘氣，我聞到了自己的口水，酸上加臭。我沒法回她的話，我只能哼哼哈哈地應付。

不知是我習慣了她鐵掌的歹毒，還是她終於對我生出些憐憫之心，不再那麼使狠勁，總之，我的筋骨不知何時停止了哭泣。

胭脂，這是個他媽的什麼名字？除了《聊齋》裡的狐狸精，還有那個看《胭脂扣》看得入了魔的瘋子，還有哪個腦袋瓜子正常的女人，會給自己取名叫胭脂？

我很奇怪這世上竟會有第二個胭脂。

「那個胭脂，是你什麼人？」

我扭過半張臉來，問神推。

她的手停了一停，像是在想事，半晌，才聽她吐出兩個空前絕後的字：

「熟人。」

這女人就這點招人煩，想從她嘴裡掏句話得用大刑。待你真不搭理她，她又給你張一小口，叫你犯賤伸手進去，她又猛一閉嘴，差點咬掉你的指頭。

胭脂可不是這個樣子。胭脂的嘴巴像個口子很大的漏斗，胭脂片刻不停地往外漏著自己。有時候我覺得她之所以長不高，是因為她話太多了，她把自己漏成了半空的米籮。

那天我最終也沒見到胭脂。

我在越南人的小鋪裡坐了大約二十分鐘，才看見對面燒臘鋪的樓下終於有人推開了窗戶。

開窗的是個男人。男人正往外拿鴨子，一隻一隻地掛在櫥窗的鐵鉤上。鴨子大概是新烤出來的，焦黃焦黃的，直愣愣地伸著脖子往下滴油。

男人終於把鴨子掛完了，就開門出來，嘴裡叼著一根牙籤，靠在門外的牆上剔牙花。男人穿了一件滿是油跡的圓領衫和一件七分布褲，上衣的一角掖在褲腰裡，露出一個亂得像麻繩的褲腰帶結子。

男人剔完牙花，呸呸地往地上吐了一口帶著牙花的痰，我這才看清了他的門牙。這牙在鑽出牙床的時候大概營養太好，長得不知節制，一路長到了下巴。一合嘴，那牙齒就裸露在外，像兩隻把門的狗。

他抬頭衝著樓上的窗口大聲喊叫著，滿臉都是牙齒。

「阿珊你起身啊，阿仔打波要遲到囉。」

他說的是廣東話，我大致聽得懂。他在喊他的女人起床，帶孩子去打球。

男人喊完話，轉過臉來，我的心咚地跳了起來，我覺得男人發現了我。我扔下喝了一半的咖啡，拔腿就走，我突然無法忍受和樓上下來的女人面對面撞上的情景。我寧願看見胭脂對九十九個下三濫叉開雙腿，也不願看見胭脂和這頭蠢豬生下孩子。胭脂把褲腰帶鬆給全世界的時候，她是為了一部戲，一個念想。她和這頭蠢豬上床，又是為了什麼？

是為了到一個花一樣時髦的城市裡過一種草一樣的日子？

我恍恍惚惚地走出十三區的那條小巷，站在十字街頭，望著街上漸漸熱鬧起來的車流和行人，竟不知道往哪個方向走。

真奇怪，這些年裡我多次回過北京，卻從沒去找過胭脂。我不是為胭脂到北京的，那時我還不知道世上有胭脂這麼個人。但我是為胭脂離開北京的，她逼著我走出了那一步路。可我上路之後，好像就忘了我是為什麼走的。等到我終於想起來時，我又情願我已經徹底忘記。

神推的手慢慢地從我的肩膀移到了我的背。我背上的肌肉和肩膀一樣，也是兩側都打滿了結子，只是一側比另一邊更緊——是那一跤摔的，那一跤把活扣扯成了死結。

可是神推不怕結子，神推的手彷彿生來就是為了解扣用的。她的指尖在我的背上耐心地來回遊走著，慢慢地尋找著結子中心的那個小孔——再緊的結子也有孔，然後挑鬆，理順，撫平。自從她騎上了我，她的手彷彿就氣順了，從凌厲的少年進入了溫和的中年，幾乎接近慈祥。她的呼吸在我的脖子上吹著小風，有點熱也有點酥癢。我的腦子想睡，身子卻警醒著，汗毛在她的風中輕輕揚起來，又輕輕倒下去，像河灘上的葦草。

後來，她的身子往後挪了一挪，坐到了我屁股上，那是板油堆成的兩座山。她的手指開始進入腰部。和肩背相比，腰是輕災區。腦子是個勞碌的賤貨，一刻也閒不住，一種感覺騰出空來，另一種感覺立馬占據。不疼的時候，我就開始注意到別的事情，比如她左腿內側有一顆凸出來的痣。隨著她身體的動作，我倒擱著的胳膊時不時地碰觸到她裸露在短褲之外的大腿，我發覺她的皮膚像鰻魚一樣冰涼而滑膩，她全身都在流汗。

什麼個人啊，長得這樣一層皮，流汗的時候，居然還是冰涼的。

她的身子俯得很低，她的呼吸現在蠕爬到了我的脊椎，像一條細小的蛇，或者說，肥大的蚯蚓。我感覺到有兩團肉，在輕輕地蹭著我的皮膚。我知道那不是她的手，因為那肉完全沒有力氣，是隨意的、懶散的、吊兒郎當的自由落體，墜得最低的時候，我能隱約覺出那肉中間嵌著兩粒石子。

那兩粒石子在我的背上來回摩擦著，我的身體嘭地一聲燒了起來。我說的「燒」，是瞬間發生的動作，只有起因和結果，卻沒有過程，就像是一根火柴扔進了一個汽油桶。當我感覺到熱量的時候，我已經是一團任天底下最有本事的消防隊也無法撲滅的大火。我肌肉上打著的那一千零一個結子倏地自動鬆開，筋骨抹去幾十年的勞損，一下回到了二十三歲時的彈性和力度。

我的腦子突然短路。

我反過身來，一下子把她推倒在床墊上，我的嘴飛快地壓住了她的嘴。她被我嚇了一大跳，身子不知所措地僵成了一團凍肉。

我的舌頭刀似地撬開了她的嘴唇，瞬間找到了她的舌頭。我發現在那一刻裡，她的全身只有舌頭是活的，舌頭在說著身子聽不懂的話。我也聽不懂，但我的舌頭聽懂了。

我不害怕。

我是說，我還不知道害怕。害怕還是後來的事。

她想支起身子推我，幾個來回之後就停住了，因為她知道沒有用。她雖然有鐵掌，但她的鐵掌只能解決局部的犯難，卻無法應對整體的作亂。在一個起了性情的男人面前，她，就像那一晚的胭脂，是無能為力的。

我脫下了她的衣服。

「胭脂，你真夠可以……」

我聽見自己喃喃地說。

那個下午發生的事，像一卷部分漏光的膠捲，有的地方清晰，有的地方模糊。

我只隱隱記得我很勇猛。

她雖然和胭脂一樣瘦小，但我絲毫也沒把她當成瓷瓶，因為她是神推。她的鐵掌為她鋪過了路，她打碎了當年讓我在胭脂面前感受到的一切拘束。

我恣意橫行。

那是一種多年沒有過的陌生感覺。

她呢？

我不知道。

我的火在燃著的時候，我是不可能看見她的。我也看不見自己。我啥也看不見。我丟失了眼睛，也丟失了耳朵。我整個丟了腦子。等到我終於看見她的時候，我的火已經滅了，我已是一堆炭木。

她赤裸著身子，背對著我，蜷縮在床墊的那頭。我發現她的頭頂上有一個漩渦。

頭頂有漩的女人，是倔種。

我想起了小時候聽過的一個傳說。

我爬過去，想和她說話，卻不知道說什麼。

屋裡的光線很暗，我隱隱看見她的臉上泛著光。可能是汗水，也可能是眼淚。這兩種解釋都有道理。

我的眼睛耳朵和腦子都回來了。一起回來的，還有疼痛。原來疼痛沒死，只是被欲望暫時壓住了。欲望一走，疼痛立刻反撲。

我醒是醒了，卻依舊惶亂。

我轉過臉去，坐到她身邊，給她講了胭脂的事。

在這個角度我用不著看她的眼睛，那一刻我無法看著她的眼睛。我講得結結巴巴，毫無章法，在某些無關緊要的細節上囉囉嗦嗦，卻跳過了一些至關緊要的地方。

後來我終於講不下去了。用這樣一個故事來解釋自己的行為，就像是用一把捲了刃的刀，來解釋一場失控的戰爭，狗屁不通，理屈詞窮。

我到底還是讀過幾天書的人，我知道自己的下作。

我住了嘴，用拳頭砸了一下腦門。

這不是姿勢，我真的用了力氣。我的耳朵嗡地一聲炸了，我看見茶几飛上了天花板，屋子裡到處飄著星星，閃閃爍爍，落下，飛起。飛起，又落下。

她一言不發，坐起來，低著頭，慢慢地穿著衣服。先是襯衫（我發現她沒戴胸罩），再是內褲，再是先前換下來的牛仔褲和襪子。自上而下，從裡到外，從左到右。她看上去鎮靜，有條不紊，彷彿她的腦子裡安著一整套應急程序。

瘋狂的女人至多咬你幾口，叫你體無完膚，而鎮靜的女人不用開口，就能讓你死無葬身之地。

我突然想到了她從這裡走出去之後可能發生的事。我終於，知道了害怕。

「我也，不知道，怎麼，怎麼，會，這樣。」我語無倫次地說。

她終於穿完了右腳的那隻襪子，把襪筒抻平整了，然後用手指梳理凌亂的頭髮。頭頂的那個漩渦對她陽奉陰違，在她的手指經過時俯首貼耳，可手指一走開，就立刻捲土重來。

我從床墊底下抽出一個信封，數出十張五百歐元的票子，塞到她放在地上的那個包裡。我腦子裡的那個計算器，已經飛快地算過了。她需要跑六十七趟今天這樣的路程，她的手要經過六十七個我這樣的身體，才能掙到這個錢數。

在這六十七趟路程裡，她會遇到幾次像今天這樣的事？

我打了一個寒噤。

她聽見了我的響動，卻沒有轉過臉來，我依舊找不到她情緒的缺口。她開始收拾那些沿著牆根擺放著的瓶瓶罐罐和盒子，把它們一樣一樣地收進包裡。紅外線治療儀，酒精棉，拔罐工具，按摩油，洗手液……那是她的兵馬，被她召集過來，卻沒有派上全副用場。

「這屋子裡的東西，你可以挑一樣走。」我說。

那天我對她說的每一句話，都像是一個事先沒有談好價碼、事後不知所措的嫖客，我深陷羞恥的泥潭。可是在恐懼面前，我顧不上羞恥。假如她還不開口，我不知道還會給出去什麼。

「隨便哪一件？」她問。

她終於開口了。我如釋重負，鬆了一口氣。她只要開一個小口，我就能把自己縮成一條蟲子，一隻螞蟻，爬進那個缺口，慢慢地在她的情緒裡咬出一條窄路。

「隨便哪一件。」我說，語氣低三下四。

她走到那個四層的鐵架子跟前，猶豫了一會兒，才拿起了那個裹著豆綠色萬壽花紋緞布的畫盒子。

「你真會挑。其實，這一屋子都是假貨，只有這一件是真的。我請人做過元素測定，是清朝的絹。」

我說的是真話。只是先前說過了太多假話，這一句真話藏在那一堆假話裡，像一小片雲母混在一大堆沙子裡，沒人看得清楚。

「只是可惜，已經破了相。」我想起了畫上的那塊斑漬。

她背起那個飽實得幾乎要爆裂的布包，看上去像扛著一片石磨。走到門口，彎腰穿鞋子的時候，她的身子晃了一晃。她想卸下包再穿，我阻止了她。我跪下來，替她穿上鞋子，繫好鞋帶。我的筋骨不喜歡這個姿勢，潑婦一樣地叫嚷起來。我覺得還不夠疼。那一刻，什麼都不管用，只有疼痛讓我舒服。

我發現她的腳很小，三十四碼，她的鞋子擺在我的鞋子邊上，是萬噸海輪旁邊的一條舢板。

「我去叫一輛出租。」我說。

她攔住了我。她攔我的時候沒用手，而是用那個裝著郎世寧花鳥畫軸的木盒子。

她背著那個磨盤一樣沉重的布包，走出了我的門。她走起路來有點歪斜，右側的身子略略高過左側，也許是包的緣故——包是從左到右斜挎著的。

我跟在她身後，我不能讓她一個人，橫穿過這樣長的一條走廊。

在電梯門口，她停住了。我也停住了。空氣中有一些嘶嘶的聲響，那是我的呼吸，也是她的呼吸。我們的呼吸在半空相撞，眼睛卻沒有。

「求求你，罵我……」

我抓住了她的手。

她沒有掙扎，也沒有說話，眼睛低垂著，定定地看著鞋子。鞋帶沒繫好，結子歪向一邊。

我真想跪下來，替她再繫一遍，可是來不及了。

電梯來了，她鑽進去，轉過身，背對著我。

就在電梯門即將關上的那一瞬間，她說了一句話。

這句話被電梯截斷了，我只聽清了兩個字。

是「胭脂」。

它擺在那個四層鐵架的最下層，混雜在一堆舊首飾盒中間，但我一眼就認出了它。

最先勾住我眼睛的，是盒子上裹著的那層豆綠色的織著萬壽花紋的緞子包布，儘管那層綠離我上一次見到它的時候，又頹喪了許多。上一次我跟它分手的時候，那個綠就已經不是它當年從機子上織出來時的樣子了。而現在的綠，離那個時候的綠，又多走了幾十年的路。

可是我並沒敢在第一眼之後確認是它，因為盒子上拿來當鎖栓用的那根籤子，已經換了一個樣子。從前的時候，那根籤子是象牙——一根細細長長、頭上磨成一個芽尖的象牙。而現在的也還是象牙，只是我無法認定它是不是當初的那根象牙，因為這根象牙在三分之二的地方斷了，斷口上沾著一顆小小的粉紅色的珍珠。珍珠有象牙沒有的色彩和熱鬧，象牙有珍珠沒有的閱歷和滄桑，兩個挨在一起，卻是一種狗尾續貂。

四十八年前，外婆把這個盒子裹上一張防水油布，藏到兩塊山石之間的一條縫隙裡的時候，象牙還是完好的。在那之後，每隔一小陣子，外婆都會找一個月黑風高的夜晚，爬上那座山，把石頭縫裡的東西拿出來看一眼，再放回去。山安好。石頭安好。石頭縫裡的東西也安好。它們安好了很久，直到五年後的一個秋天。

那次外婆病了，發了一個星期的燒，燒得迷迷糊糊的，突然做了一個夢，夢見那個盒子在喊救命。外婆心神不寧，躺不住了，無論如何要去山上看一眼。那陣子外邊局勢安穩了一些，外婆其實是想好了要把盒子拿回家來的。那天外婆是帶著我去的。外婆走了一半的路，身子太弱，實在走不動了，只好支使我爬到山頂。那天我來來去去找了好多遍，我還以為走錯了地方。我沒有找到那兩塊石頭，我只看見了坡面上一道道白森森的疤痕——那是採石人的鐵釺留下的鑿印。

外婆和我一起多次上過山，但只有這一次，是我獨自上去的。而恰恰就是這一次，東西丟了。東西是在我手裡丟的。

從那天以後，我們，我是說我和外婆，就開始了多年的尋找。

假如這根象牙就是那根象牙，那它是在後來哪一任主人手裡折斷了的？從溫州到巴黎的遙遙路途中，它曾經換過了幾次手？它是在哪個箱包、哪節車廂、哪個船艙，或者哪次航班上，遭受了如此重創的？

最後讓我確定眼前這個盒子就是當年那個盒子的，是豆綠色緞子布面上的一塊斑漬。那塊斑漬看上去是一團乾涸之後變了顏色的水跡，它的真實成分只有我知道，因為那是我的ＤＮＡ——我五歲時留下的眼淚，還有尿跡。

那一刻，當五十三歲的我站在五歲的我面前時，我的胃突然抽搐起來，我很想吐。當然，站在我身後的那個巨嬰並不知道我的真實歲數，他一定會根據我瘦小得接近於女孩的身材，得出誤差很大的判斷，正如巴黎所有認識我的人一樣。而我，也從未刻意糾正過他們的偏差。

從小到大，我一緊張就想吐，彷彿我的腸胃和腦子之間，有一個短得可以用釐米和秒為計算單位的快捷通道。我知道，我離真相只有一步之遙了。而那一步，就藏在這個盒子裡。一個沾著我ＤＮＡ印記的木盒子，假若沒有一張沾有同樣ＤＮＡ印記的畫作為支撐，就失去了存在的意義。盒子只是通往真相的第一步路，而盒子裡的內容，才是真相本身。

當土豪把那張畫從盒子裡小心翼翼地拿出來時，我最先看到的是樹枝和鳥。可是我找的不是樹，也不是鳥。說實話，我已經記不清原畫上樹和鳥的細節了。這年頭有太多自詡是未來張大千和畢卡索的人，他們坐在昏暗的陋室裡，影印機一樣地複製著這樣的樹和這樣的鳥。在尋找丟失之物的路程中，我見過了太多類似的樹類似的鳥，我無法分辨這一個和那一個、這一張和那一張之間的差別，我的記憶經過了太多的誘惑和汙染。我唯一能指認這幅畫是那幅畫的依據，和我唯一能指認這個盒子是那個盒子的依據，都來自同一樣東西。

我需要一塊乾涸了的水跡。一塊由盒子滲入到畫上的水跡。

可是我沒有找到。

巨大的失望像一枚粗針，在我被期望充盈得幾乎要爆裂的身體上扎了一個窟窿，我幾乎聽得見能量洩漏時發出的嘶嘶聲，我想起了車諾比。其實這兩年我已經放棄了尋找，而就在我不再指望的時候，一直躲避著我的真相突然回過頭找到了我。在我離真相只有一步之遙、幾乎看得見真相身上的毛孔時，真相卻又棄我而去。這樣近的距離讓我知道真相還在，這樣近的距離又讓我知道真相不靠譜。

我的膝蓋軟了下來，幾乎無法站立。我顫顫地扶住了牆壁，不知道還有沒有力氣撐過一個半小時的苦力活。我正在暗自盤算著如何跟土豪開口告假，他突然把畫舉起來，挪到了一個光線更好的位置。

就在這時，我發現了一樣先前被土豪手掌的陰影遮蓋住了的東西。

一塊形狀像枯花也像落葉的水漬。

我的心高高地提到了喉嚨口，又咚地一聲落了下去，在我的胸腔裡砸出了一個大坑。塵土飛揚，遮天蔽日，我突然什麼也看不見了。我腸胃和腦子之間的快捷通道被堵死了，我不再想吐，可是我卻突然失明。這是一種古怪的失明，我的視野裡不是黑夜，卻是白天，是那種沒有光線變化、找不到一條皺褶、一絲雜質，像剛從機器裡滾出來的白紙那樣一無所有的白天。和這樣的白天相比，黑夜是溫柔的地獄。

我的失明持續了多久？也許是幾秒？也許是幾分？我毫無記憶。我已經失卻了對時間的判斷能力。

但我聽得見土豪在說話。似乎是關於鳥的話。鳥的毛羽。鳥的姿勢。鳥的性情。鳥……鳥……鳥……我聽是聽見了，卻聽不清。耳朵沒有了眼睛把門，什麼聲音都往裡進，一片亂哄哄。我的腦子顧不上耳朵，在忙著別的事情。我的腦子撒出七七四十九根神經，鐵爪似地抓住我的表情肌。我不能，一定不能，顯露出對這幅畫的興趣。我是指超出對這屋裡其他物件的興趣。

冥冥之中一定有一個神靈，一個被有些人叫做上帝，另一些人叫做真主，還有另一些人叫做佛祖的神靈，在這幾十年裡給我設置著一盤到今天我才看清楚的棋局，叫我在丟失那幅畫又萬尋不得的時候，遇見一個碰巧是中醫師的男人。又在毫不知情的情況下，藉著他金玉在外敗絮其中的基因，生下一個有先天性疾病的孩子。而在這孩子百醫無治的時候，得知了法國的特種醫學技術，讓我帶著這孩子來到了巴黎。然後藉著我在那個男人身邊學來的幾招蒙古醫術，讓我在巴黎混得了一個神推的口碑。一步一步地，這位叫上帝也叫真主也叫佛祖的神靈，把我引到了土豪的家中。

棋子一步一步地走過來，只有在接近終點的地方，回頭望去，我才洗去眼裡的沙子，看清了布局。

不，也許這局棋的設計，遠早於丟失那幅畫的時候。也許，丟失本身也是棋局的一部分，尋找的步驟遠在丟失之前就已埋下了伏筆。從我記事的時候起，外婆就告訴過我，長大了千萬不要嫁給太愛的人，愛太辛苦。在丟失那幅畫之前，在我還沒有學會用文字寫作文的時候，在我遠還未真正懂得什麼是愛情的時候，我就已經懂了，外婆說的辛苦，不是糊火柴盒的那種辛苦，也不是點燈熬油織毛衣的辛苦，而是心裡牽掛一個人的辛苦。

所以，從小到大，我都害怕那些吸引我的人，我怕他們成為我的牽掛。後來我慢慢長大，知道了我的身世，我意識到外婆一生都在收拾愛情的殘局，她自己的，還有我母親的，所以外婆不想再來收拾我的殘局。外婆說她和母親都是屬於第十三個生肖的——那是撲火的蛾子。外婆只想讓我待在十二生肖限定的那個安全地盤裡，外婆不想讓我也成為蛾子。

所以，我才會在三十四歲那年，嫁給了那位中醫師。我嫁給他的最主要原因，是因為他生性緘默。在他的緘默面前我可以放肆地、理直氣壯地持守著我的沉默。我不用挖空心思引他說話，他也不用挖空心思引我說話。我們不知心，我們用不著知心，不知心的人才可以相安無事。

自從丟失了那幅畫之後，外婆就變成了另外一個人。外婆糊火柴盒的時候，眼睛明明盯在紙上，卻常常會把有磷片的那一面貼反了。外婆數糊好的火柴盒時，每一次都會數出不同的數目字。外婆隔好幾天才會想起來撕一張日曆紙，撕完了，又問我今天到底是幾號？

有一天夜裡，我被尿憋醒，發現外婆坐在床上，沒有開燈，定定地看著天花板。那是個滿月的夜晚，月光透過捂得並不嚴實的窗簾，塗在外婆臉上，外婆的眸子像是兩顆透明的玻璃珠子。那一刻外婆看上去像鬼，我嚇得大哭。

外婆伸手摟過我，卻沒有哄我。外婆不僅沒有哄我，外婆也跟著我哭了。外婆聲音不大，但動作很大，身子抽得像推扯到頭的風箱。我從來沒見外婆這樣哭過，我愣住。

「那是他留給我的最後一樣東西啊，我把它弄丟了。」外婆抽噎著說。

就在那天夜裡，外婆給我講了她的故事。當然，還有我的故事。我的故事是她的故事的枝蔓，而她的故事，則是我的故事的根。

現在回想起來，外婆的情緒已經憋到了極限。外婆那天夜裡的狀況讓我想起我當時的膀胱，容量已經滿到要爆裂，絕不可能只排出幾滴，而留住其餘。要麼是零，要麼是全部，外婆傾瀉了全部。那天外婆跟我講了一夜的話。一個十歲的孩子能聽懂多少？能記住多少？又能守住多少？外婆已經顧不上。

外婆救過我很多次，而我也救了外婆一次，就在那天夜裡，用我的耳朵。

後來我識了更多的字，開始閱讀各種各樣的書。每當我讀到《紅樓夢》和《西遊記》這樣的小說，我就知道滿紙都是謊言。賈寶玉不可能是石頭，孫悟空也不是。世上每一個人都有根，每一個拿石頭來說事的人，其實都在掩藏一個有關身世的可怕祕密。

土豪也有祕密。土豪的祕密是胭脂。

就在土豪跟我講胭脂的事時，我腦袋瓜子一熱，差點告訴他我外婆的小名也叫胭脂。可是我最終還是忍住了。他有他的祕密，我有我的。我不想知道他的，他也不用知道我的。祕密有體重，祕密重過背包裡的那臺紅外線治療儀。我不想在自己的重量上，再加上別人的一份。

土豪關於那張畫的真偽的判斷，對了一半，也錯了一半。對的那一半是關於材質的。那一塊絹是很多年前那個作畫的人通過一個朋友在黑市上買到的——那是一個老太監從宮廷裡偷出來的貨，背面有宮廷織坊的印戳。一雙有經驗的眼睛，再加上一屋不錯的光線，基本就可以鑑定。碳十四、同位素、數碼激光技術在這裡不僅不適用，而且也是浪費。

土豪錯的那一半，在作畫人的身分上。作畫的人仿過郎世寧無數張畫，閉著眼睛都能默出郎世寧的布局線條色彩和光影轉換。也許他比郎世寧還熟知郎世寧，可是他依舊不是郎世寧。土豪知道假絹上不可能產生真畫，土豪卻沒想到真絹上也可以是假畫。作畫的人預見到了世人的淺見，他特意叮囑過他的女人：這幅畫藏得越久越值錢，不到萬不得已，千萬不可輕易出手。女人熬了很久，熬到賣光了所有的首飾和別的仿畫，卻沒有熬到最後，她還是把它弄丟了。

我發現牆和天花板之間有了分界線，分界線上開始浮現出隱約模糊的花紋。我眼中那個一無所有的白天被線條和陰影打碎了，我就知道我短暫地丟失了的視力回來了。最初的激動所揚起來的塵埃終於落定，我漸漸冷靜了下來。真相已經觸手可及，但我依舊還沒有把它捏在手中。不在我手中的真相都不能叫做真相，它至多只是挨得很近的幻影。在幻影變為實物之前，我還要消耗億萬個腦細胞。我無法預見上天給我設的下一步棋路，但我卻知道：此刻我若離開土豪的家，這幅丟失了四十三年的畫，極有可能還要丟失另外一個四十三年。

可是我再也沒有那樣的四十三年了。

我決定出手。

我從背包裡拿出我的瓶瓶罐罐，不斷地調整它們的排列順序，規整，清理，消毒。這是我每天都要做的事，只不過今天我放慢了速度。我在拖延時間。我的腦子在飛快地旋轉著，尋找著最穩妥的方法。我說的是穩妥，而不是安全。穩妥是指獲取那張畫的把握，而安全則偏向於如何脫身。穩妥需要安全，但單靠安全卻不一定能抵達穩妥。我把穩妥放在了第一位。四十三年的等待，值得我去冒一次險。

那個行動方案，是在我藉口去洗手間的路上定下的。那是瞬間碰擦出來的靈感，電閃雷鳴，幾乎沒有過程。

不，也許這並不是實情，那個想法說不定在我第一眼看見那幅畫時就已經產生。我可以不避諱結果，卻不能直面過程，正如一個在鐵證面前無可推諉的殺人犯，總還要在法庭上聲嘶力竭地宣稱：他僅僅是一時衝動犯了錯，而不是蓄謀殺人。因為蓄謀和衝動之間，隔的是一副絞刑架。

在土豪金碧輝煌的洗手間裡，我除去胸罩，脫下牛仔褲和襪子，換上短褲。我知道那幾個穴位和指法，那是每一個按摩師心照不宣的祕密。當我在池子裡洗手時，我一抬頭在鏡子中看到自己的樣子，我注意到了顴上的潮紅。我發覺自己在瑟瑟發抖。是害怕，但又不全是。害怕裡面還裹著些別的情緒，比如說，興奮。我害怕的不是害怕本身，我害怕的是興奮。害怕是一種可以承認的弱點，興奮不是。至少在那個時候不是。認領了興奮，也就認領了無恥，所以我只能拚死抵賴興奮。

我不僅想好了怎麼做，我也想好了可能遇見的結果。結果是一條岐路，可以通往好幾個出口。我告誡自己：從那張床墊上起來，我一定不能去廁所，我不能沖去他留在我身體內的鐵證。離開他家之後，我可以直接去醫院，最好去那家婦女兒童醫療中心。在給兒子求醫的過程中，我已經熟悉了巴黎錯綜複雜的醫療系統。這裡所有的醫院都設有暴力受害者緊急救助中心，有全套完善的取證設施。

從醫院出來，我可以去警察局。接下來的一切只是程序。

當然，那是萬不得已。

也許我永遠不需要走到那一步。但願我的計畫只是一把懸在頭頂的劍，它起的作用僅僅是威懾。假如那把劍真的落下來，刺中的將不僅是他，也有我自己。我將要搭上我搭不起的時間，在「自願」和「強迫」之間那個狹窄過道裡，聲嘶力竭地撕扯著他的，還有我自己的臉皮。

我將體無完膚。

我聽見自己的牙齒在格格相撞。皇天，但願我兒子永遠不會知道我的齷齪。

從洗手間出來，走回土豪的臥室時，我決心已定。

我做的第一件事是改變推拿姿勢，由跪在地板上，變為騎在他身上。這個姿勢我在別人身上也用過，尤其是當床的位置比較低而病人身架比較厚實的時候，這樣可以讓我省些力氣。但這一回我採用這個姿勢，卻無法理直氣壯。我別有用心。

我看見我的計畫在我眼前一吋一吋地延展開來，就像土豪把那張畫一點一點地展開來給我看時那樣。我的腦子是清醒的，每一個步驟都在掌控之中。但我的身子卻有些惶亂，我的皮膚在洶湧地流著冷汗。我把身子俯得很低，我的肌膚我的手指我的呼吸都是沆瀣一氣的合謀者。那天我是一個實習生，戰戰兢兢地行走在把理論搬到實踐的第一趟途程中。我發現他的呼吸節奏亂了，皮膚溫度正在升高，身體某些部位的肌肉開始由鬆弛轉向緊張。

一切都如預想的那樣，每一個細節都對頭。但是意外卻發生了。橫空插出一刀、讓我猝不及防的，竟然是一根舌頭。

我的身體遭遇過男人的身體，我的嘴唇也遭遇過男人的嘴唇，都是風平浪靜的路過。可是我從未遭遇過男人的舌頭——那是推拿和醫學書籍上沒有記載的內容。我不知道舌頭上沾著罌粟，舌尖之下埋藏著可以炸毀三個廣島五個長崎的原子能。當土豪轉過身來，把我壓倒在那張床墊上，用他的舌頭纏住我的舌頭時，我的抵抗僅僅維持了幾秒鐘，我就被炸成了一片廢墟。

我走出土豪所在的那座大樓，天很陰鬱，剛走幾步，就下起了小雨。我其實很想在雨中走一走，我渴望雨滴撲打在臉頰上的那種涼爽，可是我不能。我手裡捏著那個裹著豆綠錦緞布面的畫盒子，它不能招惹雨。我只好站到一家咖啡店的屋簷下躲雨。

我發現雨有顏色。雨是藍的，是天空還沒被陽光汙染時的藍，淡淡的，剛從白中脫胎。路上的行人撐開了雨傘。傘也有顏色，明黃、粉紅、橙紅、天藍、黛綠……有的傘面上印著蝴蝶和花卉。巴黎人絕不會放過任何一個時髦的機會。其實，灰和黑才是街景的主色調，只是那一刻我的眼睛帶著過濾器，我把灰分解成了黑和白，我在黑中間看到了紅和綠。那一天所有的東西都有顏色。我也有。我雖然沒帶鏡子，但我知道我臉頰上的顏色。那是一種我外公情有獨鍾的顏色。

那種顏色的名字叫胭脂。

我明白讓我在萬物中看到顏色的是什麼東西。是那個叫土豪的、比我年輕許多的男人留在我身體裡的熱量和體溫。

我那個一生沒換過職業、單位和配偶的丈夫，曾經給我講過一件事。那天他和單位的同事在分到一筆還算豐厚的年終獎金之後，一起出去喝了幾杯酒，回家時已經微醺，非常難得地開口和我聊天。他說在二三十年代，有人在癲癇病人身上施行過一個醫學實驗。那些病人都做過了抑制發病的腦手術，切除了左腦右腦之間的連接帶。術後，有人把裸體女人的淫穢照片拿給這些病人觀看，結果出現了一些極為有趣的現象：一個左右腦失聯的病人，一隻手伸出去要迫不及待地摟抱照片上的女人，另一隻手卻極力制止那隻伸出去的手。

此刻站在路邊躲雨的我，就是那個病人。左邊的一半身體感到快活，右邊的一半身體感到羞恥。左邊的一半在擁抱肉欲的歡欣，右邊的一半在惱怒地摑著左邊的臉。我的左腦和右腦失聯，它們誰也管不了誰，它們任由我的身體為所欲為。

其實，現在得到這幅畫，已經失去了當年的意義，因為作這幅畫的人，已經在十多年前離世。那時我早已從師範學院畢業，在溫州一家中學教書。外婆是在報紙上讀到他離世的消息的。在一個還算起眼的版面上，外婆看到了一則關於一位著名臺灣藝術家的報導。這位藝術家在上海辦畫展期間，因心臟病發作，猝死在賓館的床上。報導回顧了藝術家一生的經歷和取得的成就，在結尾處，隨意提到了一件事：藝術家來過大陸三次，除了藝術交流之外，也是為了尋親。這些年裡，那位藝術家一直在尋找一個大名叫吳若雅小名叫胭脂的女人，她是他失散多年的親人。

在他辭世之後，我還持續了好些年尋找這幅畫的下落，是出於慣性，也是想給外婆留一個念想。做了一輩子撲火的蛾子，她理當在死之前，親眼看見一片火留下的灰燼。

現在想起來，在上天為我設下的這盤錯綜迷離的棋局裡，那幅失而復得的畫或許壓根不是目的。我走過了更遠的路，我現在回頭，能看見棋局更遠的一步。當然，我永遠也不可能看見開局的那一步，那個答案只在上天手中。也許，這盤棋的開局，甚至早於這幅畫的誕生。也許，這幅畫也只是這盤棋局中的一個棋子。或許，上天想藉著這幅畫的生成、丟失、復得，叫我知曉，在我金木水土俱全的生命中，我唯獨缺失了一樣叫火的東西。

一切都是假的。土豪不是土豪，神推不是神推。我不真出自名醫世家，就像他不真是古董收藏高手。郎世寧不過是一張古絹上的假畫，鴨嘴獸也只是一塊普通的踩腳石頭。他編造了一套神話來忽悠巴黎，我炮製了一串謊言來哄騙他，還有他手裡的那張畫。

可是，那麼多的假轟然相撞時，會不會撞出一星半點的真呢？

比如，他跪在地板上，為我繫鞋帶的那個瞬間。

注1　撿漏：古玩界的行話，指買家在賣家不知情的狀況下，買到一件「漏過」了人眼的真古玩。

注2　渣滓洞、白公館：兩處皆位於重慶市郊，渣滓洞原為人工採煤的小煤窯，因渣多煤少得名；白公館在戰爭時期，一直都是軍閥的別墅。後來都被國民黨特務機關作為祕密監獄，拿來關押政治犯。兩處一併被人們稱作「兩口活棺材」。

注3　梅機關：抗戰期間日本政府和參謀本部在上海建立的特務機關，主要職責是負責扶植、監視以汪精衛為首的偽國民政府，是華中日本特務最高機構的代號。

注4　抽風：此處是指人的行為舉止不正常，讓人難以理解。屬貶意。

新人間叢書 280

胭脂

作　者—張翎
主　編—李麗玲
校　對—郭昭君
責任企劃—金多誠
封面視覺設計—陳恩安
內頁排版—立全電腦印前排版有限公司

總 編 輯—曾文娟
發 行 人—趙政岷
出 版 者—時報文化出版企業股份有限公司
一〇八〇三 台北市和平西路三段二四〇號一～七樓
發行專線—（〇二）二三〇六六八四二
讀者服務專線—〇八〇〇二三一七〇五
（〇二）二三〇四七一〇三
讀者服務傳真—（〇二）二三〇四六八五八
郵撥—一九三四四七二四時報文化出版公司
信箱—台北郵政七九～九九信箱
時報悅讀網—http://www.readingtimes.com.tw
電子郵件信箱—ctliving@readingtimes.com.tw
時報出版臉書—https://www.facebook.com/readingtimes.fans
法律顧問—理律法律事務所 陳長文律師、李念祖律師
印　刷—盈昌印刷有限公司
初版一刷—二〇一九年四月二十六日
定　價—新台幣二八〇元
（缺頁或破損的書，請寄回更換）

時報文化出版公司成立於一九七五年，
一九九九年股票上櫃公開發行，二〇〇八年脫離中時集團非屬旺中，
以「尊重智慧與創意的文化事業」為信念。

胭脂 / 張翎著 . -- 初版 . -- 臺北市 : 時報文化 , 2019.05
面 ;　公分 . -- (新人間 ; 280)
ISBN 978-957-13-7783-4(平裝)

857.7　　108005346

ISBN 978-957-13-7783-4
Printed in Taiwan